新潮文庫

日　蝕

平野啓一郎著

新潮社版

6807

日蝕

神は人を楽園より追放し、
再度《ふたたび》近附けぬように、その地を火で囲んだのだ
――ラクタンティウス「神的教理」

これより私は、或《あ》る個人的な回想を録《しる》そうと思っている。これは或いは告白と云《い》っても好《よ》い。そして、告白であるが上は、私は基督《キリスト》者として断じて偽らず、唯《ただ》真実のみを語ると云うことを始めに神の御名《みな》に於《おい》て誓って置きたい。誓いを此処《ここ》に明《あきらか》にすることには二つの意義が有る。一つは、これを読む者に対するそれである。人はこの頗《すこぶ》る異常な書に対して、径《ただ》ちに疑《うたがい》を挿《はさ》むであろう。私はこれを咎《とが》めない。如何《いか》に好意的に読んでみたとて、この書は所詮《しょせん》、信を置く能《あた》わざる類《たぐい》のものだからである。多言を費して無理にも信ぜしめむとすれば、人は仍《なお》その疑を深めゆく許《ばか》りであろう。然《しか》るが故《ゆえ》に、私は唯、神に真実を誓うと云う一言を添えて置くのである。今一つは、私自身に対するそれである。筆を行《や》るほどに、私は自らの実験したる所に耐えずして、これを偽って叙《じょ》さむとするやも知れない。或いは、未《いま》だ心中に蔵匿《ぞうとく》せられたること多にして、中途で筆を擱《お》かむとするやも知れない。これは猶《なお》偽りを述べむとするに変わる所が無い。これらを虞《おそ》れるが故に、私は誓いを敢《あ》えて筆に上《のぼ》し、以《もっ》て己を戒めむとするのである。

冀《こいねがわくは》、上《かみ》の誓いと倶《とも》に、下《しも》の拙《つたな》き言葉の数々が主の御許《おんもと》へと到《とど》かむことを。

——

千四百八十二年の初夏、私は巴黎《パリ》からの長い旅路を経て、孤《ひと》り徒《かち》より里昂《リヨン》に至った。回想の始めとして、私は先《ま》ずこれに及ぶまでの経緯を簡単に明《あか》して置こうと思う。

巴黎《パリ》大学に籍を置き、神学を学んでいた私は、当時の自分の乏しい蔵書の中《うち》に、或る一冊の古びた写本を有していた。一体、写本とは云っても、凡《およ》そ本としての体裁は整っておらず、表紙も無く、所々に随分《ずいぶん》と脱簡《だつかん》が看《み》られ、就中《なかんずく》前半の頁《ページ》はそっくり抜け落ちてしまっていたから、寧《むし》ろ写本の一部とでも云っておいた方が好いのかも知れない。内容は羅甸《ラテン》語に翻訳せられた異教徒の哲学書らしかったが、書名は頁と倶《とも》に失われていて不明であった。

私がこれを如何なる事情を以て手に入れたのかは、今では解《わか》らない。或いは、知人が外遊先から持ち帰ったものを譲り受けでもしたのかも知れないし、或いは又、それを借りた儘《まま》で返さずにいたのかも知れない。私の交遊の範囲などはその頃より知れたものであるから、無理にもそのいきさつを突き止めむとすれば協《かな》わぬこともあるまいが、そのこと自体は然《さ》して重要でもないから、兎《と》に角《かく》先へ進むことにする。私はこの得体の知れぬ写本に頗《すこぶ》る興味を抱いていた。そして、座右に置き折に触れて読み返してみては、孰《いず》れ是非ともこの完本を落掌《らくしょう》したいと願うまでになっていた。

書名は軈《やが》て明《あきらか》になった。即《すなわ》ち、千四百七十一年に仏稜《フイレンツエ》で上梓《じょうし》せられたマルシリオ・フィチイノの『ヘルメス選集』であった。これを調べるには、私は些《いささ》か骨を折らねばならなかった。と云うのも、今では遍《あまね》く知れ渡ったこの著名な書物でさえも、当時の巴黎《パリ》に於ては、未だ極限《ごくかぎ》られた人のみの識《し》る所であるに過ぎなかったからである。それ故に、どうにかその原本を求めむとする私の努力は、悉《ことごと》く功を奏せず、学業の傍ら八方手を尽くしてはみたものの、終《つい》にそれを得ることは協《かな》わなかった。

然るに、このことを聞き附けた或る儕輩《せいはい》は、私に里昂《リヨン》に行くことを勧めた。彼はこう云った。巴黎《パリ》ではやはりそれを手に入れることは出来まい、しかし、地中海諸国との貿易の昌《さか》んな里昂《リヨン》であれば、懼《おそ》らくはその手の文献も見附かるであろう、私が為《ため》にも、亜力伯《アルプス》を越え、仏稜《フイレンツエ》にまで赴くのは些《いささ》か難儀であろうが、里昂《リヨン》までであれば然程《さほど》苦にもなるまい、と云った。

この忠言が、如何許《いかばか》りの真実を含んでいたのかは解らない。私は今、そのことを、寧ろ頗《すこぶ》る疑わしく思う。何故《なにゆえ》と云うに、サンフォリアン・シャンピエに縁《よ》ってフィチイノの思想が里昂《リヨン》に齎《もたら》されたのは、これよりも遥《はる》かに後《のち》のことだからである。

しかし、当時の私は、この詞《ことば》の真偽に就いて慥《たし》かめるを得なかった。私には、それをするに足るだけの充分の智識《ちしき》も、又充分の時間も無かったからである。それが故に、私は猶《なお》胸中に多少の疑《うたがい》を抱きつつも、兎に角この儕輩《せいはい》の詞に従うこととし、学士の号を得た機会に、単身巴黎《パリ》を発《た》たむと意を決したのであった。

——これが、私が里昂《リヨン》へと赴いた直接の切掛《きっかけ》である。しかし、私は仍《なお》この記述に歉《あきた》らない。そして以下に、更に若干《そこばく》の事情を附記せむと欲する。上《かみ》の記述は、纔《わず》かに私と旅とを繋《つな》ぐ接点に就いてのみ語ったに過ぎぬからである。

……前《さき》に私はその手の文献と書いた。これは、既に百年以上も前から地中海の一部の都市で見られるようになっていた、復興せられた異教徒の哲学書のことである。フィチイノの『ヘルメス選集』は、その中《うち》の最も著名で且《かつ》最も重要なものの一つだったのである。私が里昂《リヨン》に行くことを決めたのは、慥《たし》かに、上《かみ》に見えている如く

『ヘルメス選集』を手にせむが為であった。しかし、今一つの理由として、当地でこれらの文献の幾つかをも併せて入手し得るかも知れぬと期する所が有ったからである。

古代の異教哲学に対して、私は甚だ関心を有していた。不遜《ふそん》を懼《おそ》れずに云うならば、それは、十三世紀に聖トマスの抱いていたであろう或る種の切迫した危機感と同様の意識に由来するものであった。それは云わば憂慮であった。聖トマスがアリストテレスの哲学を我々の神学を以て克服したように、私は再度興《ふたたびおこ》ったこれらの異教哲学を、主の御名の下に秩序付ける必要を痛切に感じていたのである。私の不安は、啻《ただ》にプラトン及びそれに続く亜歴撒的里亜《アレキサンドリア》学派の受容の問題にのみ帰せられるべきではなかった。迫劫《はくきょう》する巨大な海嘯《かいしょう》は、前述のヘルメス・トリスメギストスの著作は云うに及ばず、その他の有相無相《うぞうむぞう》の魔術や哲学をも呑食《どんしょく》して、将《まさ》に我々の許へと到らむとしていた。私が虞《おそ》れていたのは、その無秩序な氾濫《はんらん》である。河を上り来《きた》る水は、煌《きら》めく魚鱗《ぎょりん》を伴って、慥かに我々に多くの潤《うるお》いを与えるかも知れない。しかし、一度《ひとたび》地に溢《あふ》れ出せば、必ずやそれは数多《あまた》の麦を腐敗せしめる筈《はず》である。異教徒達の思想も亦《また》、これに違《たが》う所が無い。我々はその氾濫の為に、信仰が危機に瀕《ひん》するを防がねばならなかった。その洪水が、我々の秩序を呑《の》み尽くし底に鎮《しず》めむとするを防がねばならなかった。径《ただ》ちに、迅速に。そしてそれが故に、私が為には、神学と哲学との総合と云う、既にして古色を帯びつつあった嘗《かつ》ての理想は、本復して再度その意義を新《あらた》にし、加之《しかのみならず》、それを実現することこそが、この現世で与えられた己の唯一つの使命であるとさえも信ぜられていたのである。

……今となってこの当時を顧《かえりみ》るに、私はやはり若干《そこばく》の苦い思いを抱かざるを得ない。と云うのも、私のこうした意気込みに対して巴黎《パリ》の儕輩《せいはい》達は如何にも冷淡であったからである。

一つにこれは、彼等の楽観的な憶測の為であった。彼等の多くは私の説く所の異教哲学の脅威などと云うものは、杞憂《きゆう》に過ぎぬと考えていたのである。

或る者は、

「そんならお前は異端審問官になるが好《よ》かろう。折角、ドミニコ会士となったからにはな。」

と冷笑した。

この見当違いの忠告は、無論私の望む所ではなかった。

異端審問の制度を否定する気は無い。しかし、当時より既にして失敗しつつあったそれに、一体異教哲学の氾濫《はんらん》を阻止すべき力を求めることが出来たであろうか。事実、金銭目《め》当《あて》の魔女裁判は横行し、一部ではそれを俗権に委《ゆだ》ねることさえ躊躇《ためら》われなかったのである。勿論《もちろん》私は実態が総《すべ》てそうであったとは云わない。だが、縦《よしや》それが正常に機能していたとしても、異端者を捕え焚刑《ふんけい》に処した所で、人を異端へと導く思想そのものが放置せられ、仍《なお》命脈を保っているのであれば、問題が解決せられたことにはならぬであろう。

抑《そもそも》私の願いは、異教哲学の排斥に在るのではなく、上《かみ》に見えている如《ごと》く、それを我々の神学の下《もと》に吸収し、従属せしめることであった。実際に、異教徒達の哲学的考察は或る部分に於ては真実である。但《ただ》その無智《むち》なるが故に、屢《しばしば》甚しき誤りに陥るを免れ得ない。従って、我々はそれを教義に照らして逐一閲《ちくいちけみ》し、その誤りの部分のみを論駁《ろんばく》してゆくべきなのである。

斯《かく》主張するのは、固《もと》より私が或る思想の完全な放逐《ほうちく》などは不可能であると考えているからである。哲学的正当性を含んだ儘《まま》に放逐せられた思想は、その正当性の故に必ずや復活する。そしてそれは、その誤った部分をも正当なものとして須《ま》つことなしには蘇《よみがえ》り得ぬのである。それ故に、我々はそれが誤りを徹底的に断じつつも、斯様《かよう》な哲学を総体として我々の教義の下に服せしめてゆかねばならない。排斥《はいせき》するを以て、仍《なお》我々の教義の外にそれが放置せられるを許してはならない。云うなれば、毒を含んだ水さえをも、葡萄酒《ぶどうしゅ》に変えてゆかねばならぬのである。——私はこれを可能と信じていた。何故ならば聖書の教えこそは、正にそれを可能ならしめる巨大さと深遠さとを備えているからである。

しかし、こう云う私の詞を逆手に取って、又或る者は次のように反論した。

「それは貴方《あなた》の傲慢《ごうまん》と云うものですよ。成程貴方のおっしゃる通り、聖書の教えは、深遠です。そしてそれに比べて、無智なる異教徒達の哲学は、多くの誤りを含んだものでしょう。しかし、その誤りを論駁《ろんばく》する為に、貴方はこの巨大な世界に就《つ》いて、何か一つでも語り得る所が有るでしょうか。一個の微小な被造物に過ぎぬ貴方が、神の創造したこの完《まった》き世界の秩序を理解し、それを説くことなど、どうして出来ましょうか。況《ま》してや、それを通じて神を理解しようなどと云うことは！……」

こう云った考えに、然《さ》も納得したように頷《うなず》く者は一人や二人ではなかった。私が前《さき》に、態々《わざわざ》しく月並な葡萄酒の譬《たと》えを用いたのは、斯《かく》云う彼等が、印刷したかの如く決まってボナヴェントゥラの有名な詞を引くからである。しかし、私はこれを敬虔《けいけん》さとは考えなかった。或いはそれには、私が彼等の冷笑に歪《ゆが》む口唇《くちびる》を頗る侮蔑《ぶべつ》していたのも手伝っていたかも知れない。自身の矜持《きょうじ》を傷付けられまいと、蒼白《あおじろ》く凋《しお》れた肉の薄い口唇を顫《ふる》わせながら、二三の同僚と目配せをして、然《さ》も相手を軽んじているような風《ふり》をする彼等の為草《しぐさ》が、私には心底疎《うと》ましく思われていたからである。——が、私が斯の如き詞《ことば》を卑屈さと怠惰との現れとしか感じ得なかったのは、勿論、元《もと》はと云えば我々の主張の相違に由来する問題であった。

当時の私の置かれていた立場を一言で云うのは難しい。しかし、表向きは半年程の小巡礼となっていたとは云え、学士の号を得た許《ばか》りで、既に教授の職に携わることも決まっていた私が、然《さ》して引止められることもない儘《まま》に旅立を許された所を看《み》れば、凡《およ》その事情は察せられると云うものである。斯様《かよう》な勝手な申出《もうしで》は本来は受け容《い》れられるべくもない筈であった。それ故に、出立《しゅったつ》が認められたとは云っても、還帰後の籍の保証などは甚《はなは》だ不慥《ふたし》かなものであった。

私が大学に籍を置いた十五世紀の後半には、普遍《ふへん》論争もほぼ終焉《しゅうえん》し、既にして唯《ゆい》名《めい》論が学界を席捲《せっけん》していた。勿論、巴黎《パリ》大学と雖《いえど》もその例外ではなく、私の所属していたドミニコ会の同僚の中にでさえも、唯名論を奉ずる者が多く在った。この事実は、少なからず私を失望せしめた。と云うのも、私が同大学に籍を置き、且又《かつまた》同修道会の会士となったのは、聖トマスに対する尊敬と云う、唯《ただ》その一念に因《よ》っていたからである。アヴェロエス主義とそれに導かれた詭弁《きべん》的な二重真理説との痼《しこり》が、ルフェエヴル・デタアプルと云う例外が在ったとは云え、アリストテレスそのものへの過度の不信として残っている一方で、オッカム主義を奉ずる者等が為にも、アリストテレスはその教条を打破すべき旧思想の象徴であり、聖トマスの構築したSummaの体系の如きに対しても、彼等はほぼ同様の見解に立っていたのである。

私は、齢《とし》に似合わぬ、時代遅れの珍奇なトマス主義者と目せられていたが、然《さ》りとて完《まった》く孤立していた訣《わけ》でもなかった。当時の巴黎《パリ》大学に於ては、少数ではあったが『聖トマス神学の擁護』を著したカプレオルスの為事《しごと》を受け継ぎ、トマス主義の再興に力を注ぐ者等が在ったからである。彼等と交りながら、私は時折、せめてあと半世紀早く生れていればと云う、埒《らち》も無い憾悔《かんかい》を抱くことがあった。カプレオルスが歿《ぼっ》したのは、千四百四十四年四月六日の事である。因《ちな》みに、近年優れたトマス注釈書を著わした枢機《すうき》卿《けい》カエタヌスの出生は、千四百六十九年二月十日の事である。つまり、私の旅立の年には、彼は纔《わず》かに十三歳の少年であったことになる。……これに由《よ》って観《み》れば、私のトマス研究に費やされた日々は、或いは、この二つの峰嶂《ほうしょう》の谷間を流れる、細《ささ》やかな渓川の如きものであったと云い得るのかも知れない。

――とは云え、私は啻《ただ》にトマス主義者たることにも充分の満足を得てはいなかった。聖トマスの神学に対しては勿論常に畏敬《いけい》の念を抱いてはいたが、その一方で、何処《どこ》か知《し》ら慊《あきた》らぬ思いから、より進んだ世界の理解、つまりは神の理解を試みむが為には、やはりそれだに越えねばならぬものであろうとの考えを朧気《おぼろげ》に持していたのである。それ故私は、人の思惑《おもわく》と違《たが》い、偏狭《へんきょう》であると云うよりは、却《かえ》って随分と曖昧《あいまい》な思想を抱いていたように思う。例えば、オッカムに就いては終《つい》にその主張を容れること能わなかったが、他方でスコトゥスの研究に関しては、存外親近感を覚えていた。無論部分的にではあるが。又、異教哲学の克服と云う課題の為には、クザアヌスの神学からも慥《たし》かに相応の影響を被《こうむ》っていたのである。

旅立に際して私に為《な》された非難の一つは、私がトマス主義者としての責任を果たしてはいないと云うものであった。彼等は、私が戻って来ることをだに危ぶんでいたのだから、私の旅を以て所詮は研究からの逃避に過ぎぬと看做《みな》したのである。しかしこれは、私の旅が或る種の聖人的決断を以て為されたと云うのと同じ程に、正鵠《せいこく》を射てはいないであろう。理由は上《かみ》に見えている。聖トマスに関して云えば、私は今でも自身の思想の大部分をSummaに負うている位だから、影響云々《うんぬん》に就いては論を須《もち》いるまでもないが、少しく冷めた見方をするならば、当時の私は、存外その学説そのものよりも、寧ろ彼の赫《かがや》かしい業績に対して素朴な憧憬《しょうけい》を抱いていただけのような気もする。……これは些か自嘲《じちょう》が過ぎるかも知れぬが、しかし孰《いず》れにせよ、私の思想は未成熟であり、私が為には自らの手に縁《よ》る古代の異教哲学の発見と研究とは、啻《ただ》に人々を異端より救うのみならず、新しい神学の構築の為の一つの契機たり得る筈であった。そして、アリストテレスの哲学に就いて正にそうであった如く、その内容を正しく解釈することさえ出来れば、未だ見ぬ異教徒達の哲学は、神へと至る新しい路の標《しるべ》にすらなり得るものであろうと信ぜられていたのである。

――

……以上が旅立に至るまでの凡《およ》その経緯である。私はこれを叙するに、詞を費やすことの頗《すこぶ》る多きに及んだ。しかし、これは避くべからざることであった。以後の記述を進めるに丁《あた》っては、読者の為にも、又外でもなく私自身の為にも、これを慥《たし》かめて置くことが是非とも必要であろうと思われたからである。

此処《ここ》よりは、私は日を追って旅の跡を誌《しる》してゆこうと思う。

里昂《リヨン》に着き、其処《そこ》で数日を過ごした私は、求める文献を手に入れることが予期した以上に困難であるのを知った。これは、文献が見附からぬと云《い》う根本の面と、身を寄せた当地の修道院で、旅僧たる私にも、托鉢《たくはつ》と説教に因《よ》る司牧とが義務付けられたと云う実際の面との、二面を有した問題の為であった。

儘《まま》ならぬ思いで苛立《いらだ》ちを募らせる私が、同室の修道士の肝煎《きもいり》で、里昂《リヨン》司教の知遇を得ると云う僥倖《ぎょうこう》に遭ったのは、漸《ようや》く十日程を経てからのことである。

司教は、辺幅《へんぷく》を脩《おさ》めぬ人であった。白皙《はくせき》の美しい貌容《ぼうよう》で、一目でそれと解る温厚な人柄を湛《たた》えていた。彼は、焦燥と、謁見《えっけん》の欣《よろこ》びと、疲労とから、些《いささ》か狂態を為《な》して語る私の口吻《こうふん》に、顔を顰《ひそ》めるでもなく耳を傾けていたが、話が一段落すると、肝心の文献を入手する為には、やはり、仏稜《フイレンツエ》にまで足を運ぶのが好《よ》かろうと云う感想を漏らした。司教の考えはこうである。成程、貴方の云う通り、此処に留《とど》まって仏稜（フィレンツェ）と往来のある商人にでも申し付けておけば、多少時間が掛かっても、文献は手に入れることが出来るであろう。マルシリオ・フィチイノの『ヘルメス選集』に限れば、私も一部所有しているから、それで構わぬなら写しを取れば好い。だが、貴方の為には、是非とも自ら仏稜《フィレンツェ》に赴いて、その眼で当地で起っていることを慥《たし》かめるのが好い。もし、更なる旅に困難を覚えるのならば、私が馬を手配しよう、と。

――私は時折頷《うなず》きながらこれを黙って聴いていた。就中《なかんずく》、最後の詞は私が為には予期だにしなかったことであり、驚きと倶《とも》にその厚意に甚《いた》く感動もしていた。しかし、それ以上に私を昂奮《こうふん》せしめたのは、続いて語られた、当地に関する話の数々であった。司教は所用で羅馬《ロオマ》へ行く途中、実際に幾度《いくたび》か仏稜《フィレンツェ》に立寄ったことがあると云い、プラトン・アカデミイやそれに関わる者達に就いて、又、神学、哲学に関することのみならず、絵画や文学、それに、人々の生活の様子や信仰の質に至るまで、時に卓抜な考証を交えながら、豊かに語った。

司教は云った。

「……ですから、亜力伯《アルプス》以南では、こちらの側とはまったく違う世界が広がっているのです。但《ただし》、こんな言い方をすれば、然《さ》も魅力的に聞こえるかも知れませんが、実際に私はそれらが善いことなのかどうかは判断し兼ねています。亜力伯《アルプス》の山々が、新しい世界の為《ため》の障碍《しょうがい》となっているのか、それとも、今の我々の世界の為の防塁となっているのか、私には、軽々に云うことは出来ません。だからこそ、貴方には実際に、それを慥《たし》かめて来てもらいたいのです。……」

司教の落ち着いた口振《くちぶり》は、蒙昧《もうまい》な思潮の喧騒《けんそう》に倦《う》んでいた私に、如何《いか》にも新鮮に響いた。そして、この言《こと》の持つ深みは、これを聴いた当時よりも、現在の方が、即《すなわ》ちこの十六世紀と云う時代に在っての方が、遥《はる》かに沁々《しみじみ》と感ぜられるのである。

私は司教の説く所を聴きながら、次第に道中の苦労をも忘れゆき、直《すぐ》にでも、仏稜《フィレンツェ》に向けて出発したいと思い始めていた。

しかし、司教の方は、次いで徐《おもむろ》に何かを思い出したかの如く、瞼《まぶた》を擡《もた》げて私の顔を熟《つくづく》と眺めると、静かにこう問を発した。

「ところで、貴方は、所謂《いわゆる》錬金術と云うものに興味をお持ちですか？」

私は司教の意を解し得ずして、黙って小頸《こくび》を傾《かし》げた。

司教は語を継いだ。

「例の、黄金を産み出す術の事です。」

「……ええ、勿論、識《し》ってはいますが、……」

「実は、此処から少し離れた村に、久しく錬金術を試みている者が在ります。実際に幾度《いくたび》か成功を収めているとのことですが、少しばかり変わった者で、相も変わらず貧しい生活を続けながら、術に励んでいるようです。私は一度だけしか会ったことはありませんが、自然哲学に関する該博な智識《ちしき》は、到底私の及ぶ所ではありませんし、貴方の云う異教徒の哲学にも、随分と精通しているようです。勿論、慥《たし》かな信仰の持ち主です。もし、宜《よろ》しければ、仏稜《フィレンツェ》に行く前に、その者を訪《と》うてみてはいかがでしょう？　きっと得る所はあると思いますが。――」

司教はこう云うと、突然のことに呆気《あっけ》にとられている私を目守《まも》ったまま、

「村は、此処から南東へ二十里許《リュウばか》り下《くだ》った処《ところ》にある所謂《いわゆる》開墾集落です。維奄納《ヴィエンヌ》の司教管区内にありますから、然程《さほど》の回り道にもなりますまい。」

と附け加えた。

私は須臾《しゅゆ》の間《ま》思案した後《のち》に、存外迷うこともなく、司教に対する信頼と、その錬金術師なる者に対する若干《そこばく》の興味とを以《もっ》て、これに従うことを決めた。

そして、二日後の聖体の大祝日を経た後に、私は村を目指して、孤《ひと》り里昂《リヨン》を跡に

したのである。……

里昂《リヨン》より村へと向かう道すがら、私の胸中を去来していた思いを此処《ここ》に詳言することは出来ない。それらの思索の断片は、どの一つとして纏《まと》ったかたちを成すものもなく、互いに錯綜《さくそう》し合い、途切れたかと思えば、ふと蘇《よみがえ》り、相前後し、至る所で破綻《はたん》しながら、それでも丁度、雨上がりの澱《よど》んだ川の水面《みなも》が、日華《にっか》に時折煌《きら》めくように、何か知ら萌《きざ》しつつある思想のようなものだけを幽《かす》かに予感させて、仄暗《ほのぐら》く憂《ゆう》鬱《うつ》な渾沌《こんとん》を成していた。

行人絡繹《こうじんらくえき》として街道が賑《にぎ》わっている間《あいだ》には然程《さほど》にも感ぜられなかった旅愁が、ふと私を打った。そのうちに、奈何《いか》なる経絡を辿《たど》ったのか、私は、南仏蘭西《フランス》の美しい自然の中で、何故《なにゆえ》に摩尼《マニ》教の如き異端が猖獗《しょうけつ》を窮《きわ》めるに至ったのかと、答えを求めるでもなく考えるようになっていた。

摩尼教の教義の中心を成すのは、云うまでもなく、この世界に対する苛烈《かれつ》な憎悪《ぞうお》であり、一方でそれは人々を放蕩《ほうとう》へと誘い、他方では、去勢さえをも厭《いと》わぬ極端な禁欲へと向かわしめるのである。一体私は、亜爾俾《アルビ》派や清浄《カタリ》派と云った異端が、この地方にまで北上していたのかどうかは識らない。放蕩も極端な禁欲も、程度の差こそ在れ、処《ところ》を選ばずに氾《ひろ》まっていたこの時代特有の病痾《びょうあ》の如《ごと》きものであったから、里昂《リヨン》の貧しき信者等を須《ま》たずとも、孰《いず》れそれと似たものは看られたであろう。しかし、私が為に猶《なお》疑われたのは、何故に南部に於《おい》てでなければ、何故に、この光の夥《おびただ》しい土地に於てでなければならなかったのかと云うことである。――私は徒《いたずら》に想《おも》ってみた。それは、戦《いくさ》の所為《せい》であろうか。黒死病《ペスト》の所為《せい》であろうか。或《ある》いは単に、東方に近いと云う地理上の条件の所為であろうか。……

思索は舵《かじ》を失った船の如く、辿り着く先も知れずに危うくその行方を絶とうとしていた。とその時、熱せられた土の匂《にお》いがふと私の脳裡《のうり》に染《し》み入った。

私は足を止め、額《ひたい》から流れる汗を拭《ぬぐ》って、蒼穹《そら》を見上げた。

「太陽の所為《せい》か。」

……私は独り言《ご》ちた。その刹那《せつな》に、彼方《かなた》に懸かる偉烈な太陽を眼にして、私には驟然《しゅうぜん》と、斯様《かよう》な異端は抑《そもそも》総《すべ》てこの目眩《まばゆ》い円を源として勃《おこ》ったのではあるまいかと疑われたからである。外でもなくこの光の故《ゆえ》に、この雄々しく熾《さか》んに赫《かがや》く巨大な光の故に、其処に秘せられた或る暗鬱《あんうつ》な予感の故に、人々は大地を憎むようになったのではあるまいかと、肉体を、その重くろしさを侮蔑《ぶべつ》するようになったのではあるまいかと。——

しかし、こう考えるや否《いな》や、私は窮《きわ》めて不愉快な或る寂寥《せきりょう》の沸き上がるのを感じた。

「……違う、……違う、そうではあるまい、……そうではないのだ、……断じて、……」

私は何かに劇《はげ》しく苛立っていた。懼《おそ》らくは心中に蠢《うごめ》く憧憬《しょうけい》とも憎悪ともつかぬ思いに。……そして徒《いたずら》に、今し方口にした許《ばか》りの詞《ことば》を嘲嗤《あざわら》うより外は無かった。

私は頸《くび》を折り、光に霞《かす》んだ視線を地に繋《つな》いだ。眼は路上に遊んだ。その時ふと、傍の岩膚《いわはだ》に、耿々《こうこう》と炫《かがや》く一点を認めた。

歩み寄れば、麦の粒程の皓《しろ》い蜘蛛《くも》であった。地に膝《ひざ》を着いて、ゆっくりと顔を寄せると、漸《ようよ》う睛《ひとみ》の裡《うち》にその姿が呑《の》まれていった。

その繊細で硬質な肢体、その静謐《せいひつ》、その妖氛《ようふん》。——それは、錬稠《れんちゅう》せられた、白昼の眩暈《めまい》であった。

□

村に這入《はい》ると、私は長靴《ながぐつ》だに脱がぬ旅の儘《まま》で、教区司祭の許《もと》を訪れた。教会へ向かうのを私が躊躇《ためら》わなかったのは、里昂《リヨン》で司教より授かった手書を携えていたからである。管区の異なる司教からのこの書状は、私が当地で司祭に会う際の方便《たずき》にと、非公式に司教個人の厚意に因《よ》って裁《さい》せられたものであった。司教はこれを手渡しながら、不安気な私の色を看《み》て取って、「そう心配せずとも、彼なら好《よ》いように料《はか》らってくれるでしょう。」と笑って云《い》っていた。——

教会は、外界に対して村の全体を守護するかのように、その北西の入口に建っていた。

聖堂の傍らには、それとは不釣合な程に広い塋域《えいいき》が在り、疎《まば》らに茂った木々の隙《すき》を縫うようにして、墓は一面に無造作に散在している。宙《そら》には血脈の如《ごと》く条枝が浮かび、葉はそれを肉の如く覆《おお》っている。一瞥《いちべつ》すれば、色々の苔《こけ》の生《む》した墓石は、その下に蹲《うずくま》った許多《あまた》の老人の群のようにも見える。

塋域の様を更に仔細《しさい》に眺めれば、或《あ》る事実に気附かせられる。それは、新しい墓ほどその造りが粗末であり、風化して石が朽掛けたようなものの方が、却《かえ》って立派に見えると云うことである。聞けば、その新しい墓と云うのの大半が、羅馬法王庁《ローオマ》大赦《たいしゃ》の年《とし》の翌年《よくねん》から、この道敏地方《ドオフイネ》で猛威を振った、黒死病《ペスト》の犠牲者のものであるらしい。一陣の風が乾いた落葉でも攫《さら》って行くように、一時《いちどき》に余りに多くの村人が死んだ為《ため》、遺《のこ》った者等は、墓を建てるにも、その暇も、そして懼《おそ》らくは気力も持ち合わせなかったのである。

事実、歳《とし》若い墓の中に察《み》られるのは、石の墓標だけとは限らない。中には腐った木の標《しるし》も在る。更には、それだに殆《ほとん》ど失われて、雑草の生え具合に拠《よ》ってのみ辛《かろ》うじて墓の跡だと解《わか》る箇所も在る。

村にはその当時の塋域の様を語る、一つの小話《しょうわ》が残されている。これは、後に私が、実際に此処《ここ》で墓を掘っていたと云う者より聴き知った話である。

その男の云うには、何程《なにほど》粗末であろうとも上に記すが如き墓標の残っているものは死者が為には幸《さいわい》である。何故なら、愈《いよいよ》黒死病《ペスト》の蔓延《まんえん》に手が着けられなくなった頃には、死者は都《すべ》て共同埋葬にせられていたからである。その為、屍体《したい》は老若男女《ろうにゃくなんにょ》を問わず皆塋域奥の大きな穴の中に放られていた。一杯になれば、土を被《かぶ》せて埋めるのである。或る時、この話を聴かせてくれた当の本人が、常《いつも》のように新しい屍体《したい》を運んで行くと、以前に埋めた筈の穴の一つから、醜く腐爛《ふらん》して、頬の肉が落ち、大きく歯を剝出《むきだ》しにした遺骸《いがい》の顔が露《あらわ》になっていた。獣に荒されていたのである。彼は少《しばら》く言も無くこれを眺めていた。すると、一緒に屍体を運んで来た別の男が、その露《あらわ》になった顔に向かって、こう声を掛けた。「そんなに嬉《うれ》しいかね、復戻《また》って来れて？」――この些細《ささい》な、取るに足らぬ饒談《じょうだん》が、後に村では随分と人の口に上ったと云うことである。

私は別段、この話を欣《よろこ》びはせぬが、然《さ》りとて憎くも思わない。斯《かく》の如き詞《ことば》は、成程悪い饒談かも知れぬが、仍《なお》其処《そこ》には、慥《たし》かに単なる悪巫山戯《ふざけ》より以上の深い失意と、それに抗《あらが》わむとする真摯《しんし》な逞《たくま》しさとが籠《こも》っているからである。その不謹慎を、その場違いな可笑《おか》しさを、私は愛さぬでもない。私には何となく、それが理解せられるような気がするからである。……

さて、教会堂の方に視線を転ずれば、先《ま》ず眼を惹《ひ》くのは、西の正面に懸《か》かる五尺《ピエ》程の薔薇《ばら》窓である。建物の面《おもて》は、これを中心に据えて、その周りを厳《いか》めしい尖頭《せんとう》型の拱《きよう》に領せられている。壁面には、その隙《すき》を縫うようにして、フランボワイヤン式の模様が刻せられており、各《おのおの》の曲線が、蔦《つた》のように絡《から》み合いながら上方に向かって這い昇っている。下には、扉口が唯《ただ》一つ見えている。隅切《すみきり》は浅く、彫刻は施されていないが、扉上のテュンパヌムに穿《うが》たれた壁龕《へきがん》には、纔《わず》かに粗末な主の像が彫《え》られている。鉛の屋根は、堂内の穹窿《きゆうりゆう》の様が宛《さなが》らに看て取れるような状《かたち》をしている。これを支えるようにして、両脇《りようわき》には堅強な控壁《ひかえかべ》が突き出しており、それが為に、鏤《ちりば》められた意匠の数々は辛うじて零《こぼ》れ隕《お》ちずに壁面に納まっていると云った風《ふう》である。総じて、雑然とした印象を受けるが、斯様《かよう》に辺鄙《へんぴ》な小村の聖堂としては、寧《むし》ろ驚くべきものであるのかも知れない。就中《なかんずく》、私はフランボワイヤン式の模様を初めとして、その随所に建築上の流行の響いていることを興味深く眺めた。但憾《ただうらみ》とすべきは、建物そのものの貧しさと小ささとが、然《しか》るべき荘厳《そうごん》さを奪い、粉飾せられた侏儒《しゆじゆ》の如く、些《いささ》か哀れを誘うような滑稽《こつけい》さを呈していることである。村の聖堂は、蒼穹《そうきゆう》かられは頗《すこぶ》ら遠過ぎた。蓋《けだ》し巨大さとは、それ自体で一つの偉大なる価値である。これは頗《すこぶ》る単純で、猶且《なおかつ》、存外奥深い真理であろう。事実、縮減せられた巨大さとは、何と多くを失うことであろうか。

この教会堂の南の脇、即《すなわ》ち、前《さき》に述べた塋域へと通ずる小径《こみち》の中途には、村人が多く群を成しているのが見える。その顔触れは多様で、中には未《ま》だ物心もつかぬような稚《おさな》い児《こ》を連れた者も在る。彼等の頭上には木洩日《こもれび》が目眩《まばゆ》く瀉《そそ》いでいて、その鱗《りん》淪《りん》のような光の叢《むら》がりを下に敷き、聖堂に掲げられた十字架の翳《かげ》が一際《ひときわ》大きな身を横たえている。

「……あなた方は、しかしながら、神がヨブに御与えになった試練を忘れてはなりません。……」

熱に膨らんだ間歇《かんけつ》的な蟬声《せんせい》を縫い、集まった人垣の中からは激した男の声が響いている。乾木を撲《う》ったような高く澄んだ声である。そして、その声の主《ぬし》を目守《まも》る村人達の顔様は、恰《あたか》も今この刹那《せつな》に信仰に覚醒《かくせい》したかの如く蒼褪《あおざ》め強張《こわば》っていて、夫々《それぞれ》が皆同じような後悔と不安と希望とを湛《たた》えている。

私は、囲繞《いにょう》する彼等の隙よりその姿をちらと垣間見《かいまみ》た。横一列に並んだ三人の者の中《うち》、声を発しているのは真ん中に立つ壮齢の僧侶《そうりょ》である。

　男は村人達に向かって大仰な身振を雑《まじ》えながら猶《なお》も説教を続けている。視線は定まることなく、絶えず発せられた詞《ことば》の一々を慥《たし》かめるようにして、面《おもて》から面へと移って行く。男の二つに割れた顎《あぎと》の谷には汗の雫《しずく》が今にも落ちそうになりながら小刻みに打顫《うちふる》えている。

「……主は使徒に向けて命ぜられました。『財布の中に金、銀、銭を入れて歩くな。旅の為の袋も、二枚の下着も、靴も、杖《つえ》も、持って行ってはならない。』……」

眼窩《がんか》の底深くに沈んだ信心煥発《かんぱつ》たる瞳睛《どうせい》が、この時須臾《しゅゆ》の間《ま》私の上に留《と》まり復《また》直った。その間も詞《ことば》は途切れない。僧侶のこの些細な為草《しぐさ》に促されて私の方を顧《かえりみ》た者が二三有ったが、彼等もやはり無関心らしく、直《すぐ》に視線を元に戻した。他の者は、これに気附くことだにないらしい。変わらず前を向いた儘《まま》、貪《むさぼ》るようにして説教に聴き入っている。

　眺めるほどに、私の裡《うち》には漸《ようよ》う不信が兆《きざ》していた。一説教者に対する尊敬としては、村人達のそれは些《いささ》か度を過ぎたるように思われたからである。無論、こうして説教を聴きに集うこと自体は殊勝なことであるには違いない。しかし、説教者の一挙一動に感じ入るような彼等の態度は、私が為には訝《いぶか》しかった。それは、私が説教者個人への人間的な敬愛に因《よ》る信仰を、正当なものであると認めるのに猶躊躇《ためらい》を覚えているからである。私には、それは畢竟《ひっきょう》、信仰に似た何か別のものであろうと思われるからである。……

暫《しばら》くして踵《きびす》を旋《めぐら》すと、私は来た径《みち》を返して聖堂西の入口へと向かった。スカプラリオと、革帯より下がったロザリオとを見るまでもなく、私は彼がフランシスコ会の説教僧ではなく、私と同じドミニコ会の者であるのを認めていた。入口の前まで来ると、今一度彼の方を見遣《みや》った。声は到《とど》いていた。しかし、人垣と建物との陰に隠れて、その姿は既に見えなかった。

□

聖堂に這入《はい》る私を出迎えたのは助祭である。私は里昂《リヨン》司教より預かった書状を示しながら、彼に司祭に会いたい旨《むね》を伝えた。

助祭は書状に眼を落した。

「……少々、御待ちになって下さい。」

訝《いぶか》し気に私を眺めた後に、彼はこう云《い》って奥へと退《さ》がって行った。その歪《ゆが》んだ頸《けい》垂帯《すいたい》と同様に、何処《どこ》かしどけない返事であった。

孤《ひと》りになってから、私は椅子《いす》に腰を卸して祭壇を見上げた。徒《いたずら》に虚勢を張ったような外見と違い、堂内は甚だ質素であり、就中《なかんずく》、祭壇は慎《つつ》ましやかに設《しつら》えられていた。

私は長い溜息《ためいき》を洩《も》らした。

聖堂は、初夏の暖気を締め出して、その内部を石の冷たさで満たしている。襟元から昇る肉の息は熱い。汗に濡れた衣服の背《せな》が俄《にわ》かに冷《さ》めてゆき、蛭《ひる》のように膚《はだ》一面に張り附いた。

椅子に身を委《ゆだ》ねて、私は眼を閉じた。疲労が瞼《まぶた》の上に熱く澱《よど》んでいる。耳を澄ませば、先程の説教の声が、穹窿《きゆうりゆう》に向かって幾重にも重なりながら幽《かす》かに膨《ふく》らんでゆくのが解《わか》る。激昂《げっこう》した修道士の声は、石壁に濾過《ろか》せられて、囁《ささや》くように唯謐々《ただひつひつ》と谺《こだま》している。声とも、音とも、響きとも、如何《いか》にも表現に難い、或《あ》る微妙な空気の顫《ふる》えである。ぼんやりとそれを聞きながら、私はふと、説教僧の顔を思い浮かべた。吐き出される以前の彼の信仰心とは、その面《おもて》に現れたる所とは違って、存外このように落ち着いたものなのかもしれない。人の知らぬ裡《うち》なる彼の信仰とは、存外、――それが何となく、私には不思議に思われた。……

軈《やが》て幾ら待っても一向に司祭が現れぬ為《ため》に、私は徒然《つれづれ》にまかせて、埒《らち》もない思索に耽《ふけ》り始めた。

――先程の説教僧がドミニコ会の修道士であることは既に述べた。そして、今も会則に従い、熱心に民衆の司牧を行っている。同じ修道会に属しているとは云え、彼と私との間には明《あきらか》に一つの径庭が生じている。一体、私は学僧として、托鉢《たくはつ》や司牧と云った義務の多くを免れているからである。

一般のドミニコ会士に対して、私は常に或る疑念を抱いている。この疑念は、何も広く世に流布《るふ》し、艶笑譚《えんしょうたん》として私《ひそ》かに囁《ささや》かれているような風説に許り《ばか》負うているのではない。某村の某婦人から、ドミニコ会の説教坊主《ぼうず》が適切ならざる施しを受けたと云う類《たぐい》の話は、慥《たし》かに多く聞こえてくる。しかし、それは他の修道会に於《お》ても同様である。フランシスコ会然《しか》り、アウグスティノ会然り、そうした話は、少しも珍しくはない。私はそれを云わむとするのではない。問題とすべきは、寧《むし》ろ彼等の有している甚だ稚拙な清貧の理想に就いてである。巴黎《パリ》に居た頃から、私は屢《しばしば》これに就いて儕輩《せいはい》達と議論を交わし、その都度失望させられてきた。それは、彼等の多くが、民衆を信仰に導くと云うことに関して、頗《すこぶ》る曖昧《あいまい》な意識しか持ってはいないからである。

「貧しき基督《キリスト》への追従」を掲げ、福音書の幾つかの章句に従って、原始の使徒的生活を開始したのは、先《ま》ず聖フランシスコであった。彼の回心の直接の切掛《きっかけ》は、従軍し捕虜となった後に経験した癩者《らいしゃ》との交りであったと伝えられている。これは、ディダクスの勧めに従い、始めから異端の折伏《しゃくぶく》を念頭に置いて清貧へと赴いた聖ドミニクスの場合とは、頗る事情を殊《こと》にする所である。

ところで、聖フランシスコに関して、私は今、先ずと記した。この詞《ことば》は、聖ドミニクスとの比較に於てのみ正しい。と云うのも、その当時清貧の理想を説いていたのは、独り聖フランシスコのみではなかったからである。

彼等の多くは異端であった。仔細《しさい》に看《み》れば、その中には二つの主要な運動が認められる。一つは、清浄派《カタリ》を中心とした摩尼《マニ》教の信仰である。今一つは、民衆の単純な福音解釈が産んだ貧しい信仰である。そして敢《あ》えて云うならば、聖フランシスコは、始めはその後者の運動の最中《さなか》に遅れて現れてきた一人に過ぎなかったのである。……断るまでもないが、こう書いたからと云って、私は聖フランシスコの偉業を否定するような積《つもり》は毛頭無い。例えば、一方でワルデスのような男が異端者とせられ、他方で聖フランシスコの説教が、教皇の許しを得るに至ったと云う事実は、啻《ただ》に偶然の故《ゆえ》ではないであろう。勿論《もちろん》、時の教皇インノケンティウス三世が見たと云う、例の夢の為でもあるまい。二人の間の懸隔《けんかく》は、時代許《ばか》りではない。これは、聖フランシスコが、教皇も教会も否定しなかったと云う一事を採ってみても、容易に識《し》られることである。

——論を戻そう。料《はか》らずも、私の思考は、再度摩尼《ふたたびマニ》教の異端に逢着《ほうちゃく》した。私はその浅薄な教義を、一々詳《つまびらか》に叙《じょ》さむとする意図を持ち合わせてはいない。唯《ただ》次のことを云わむとするのみである。即《すなわ》ち、この当時、上に記すが如《ごと》き異端者の清貧の理想を最も忠実に実践していたのは、外でもなく摩尼教徒の中の所謂《いわゆる》「完全者」であったと云うことである。

私は旅の途上で、民衆が異端へと墜《お》ちた理由をぼんやりと考えていたが、その一つが我々の教会の堕落に在ったことは殆《ほとん》ど疑を容《い》れぬであろう。これは頗《すこぶ》る重要なことである。慥《たし》かに、異端隆盛の最大の原因は、その教義の有する魅惑であった。生活への絶望が、人々をして、世界は愚神に因《よ》って創造せられた悪であると云う彼《か》の教えに向かわしめたことは論を須《ま》たない。しかし、彼等が異端に赴いたのは、それと倶《とも》に、その「完全者」なる者等に対して深い共感を抱いていたからである。その禁欲に対して、単純で素朴な尊敬を有していたからである。

私は前《さき》に、当時の異端運動は主たる二つのものに分け得ると述べた。それに正統信仰を加えて、正邪併せて三つの信仰が在ったことになる。しかし、その受け皿たる一なる民衆は、教義よりも寧ろ、それを唱導する人そのものを択《えら》ばむとしていた。疲弊した彼等は、三つを等しく見比べて、自ら欲を律する所最も甚《はなは》だしき者等に従ったのである。或いはそれは、摩尼教徒の「完全者」達であったのかも知れぬし、又或いは里昂《リヨン》の貧しき信者等であったのかも知れない。そして孰《いず》れにせよ、最初に見放されたのが、我々の堕落した司祭達だったのである。

聖フランシスコは、そして、懼《おそ》らくはより慥《たし》かに聖ドミニクスは、このことを理解していた。人々が彼等に向けた眼差《まなざし》は、摩尼教の「完全者」等に向けたそれと何ら違《たが》う所がなかったのである。彼等は、敢えてそれを身に引き受けた。聖ドミニクスは、その死に至るまで自ら進んで清貧の理想を実践し、無垢《むく》の貞潔を護《まも》り、他方で教皇に対しては堅い従順を示し続けた。聖フランシスコは、自らの清貧の理想を徹底し、「完全者」ですら平信徒より受けていた生活の保障を、衣料の調達と疾恙《しつよう》の際の援助とに厳密に限った。乞食《こじき》のような姿に身を窶《やつ》し、定住地を捨て、日々の糧《かて》の為に労働に勤《いそ》しみ、托鉢《たくはつ》を行い、民衆に向かって説教をした。或いは聖痕《せいこん》の痛みに苦しみながら、基督《キリスト》の生きた踪跡《そうせき》を辿《たど》り、各地を巡っては福音の言葉を語った。民衆は、この二人の生活に無邪気で力強い感動を覚えた。しかし憾《うら》むらくは、彼等はその同じ無邪気さを以《もっ》て、福音書の基督の一生に感動したのである。

何たる無邪気さ。何たる貧しさ。

人々は、終《つい》に基督《キリスト》の意味を解さなかった。私が為に最も堪《た》え難いことは、彼等が、神がこの地に下ったことの意味を、精々、生活規範の体現の為程《ためほど》にしか考え得なかったことである。彼等は人間基督を愛し、その生涯を愛した。そして基督に、卓越した人格者の姿をしか見なかったのである。

「誰でも我が主耶蘇基督《イエスキリスト》を肉に於《おい》て見るが、霊により神性に於《おい》て見ず、基督が真に神の子であるのを信じなければ、地獄に堕《おと》される。」

聖フランシスコは、斯《かく》の如く語った。そして後の托鉢修道僧達は、民衆に向かい、飽くことなく斯《かく》語り続けねばならなかったのである。

畢竟《ひっきょう》、我々基督《キリスト》者の為に、唯《ただ》一つ重要なことが在るとすれば、それは基督が神性を有すると云うことに外ならない。この疑うべくもない事実が、如何に屢《しばしば》見失われてきたことであろう。我々は、今こそ改めて、神の受肉の意義を、全能なる神が、肉を受け、女の胎内より産まれ出で、自らの創造したこの世界に、人として生き、死んだと云うことの意義を強調せねばならない。

パウロは云う。「われ中《うち》なる人にては神の律法を悦《よろこ》べど、我が肢体のうちに外の法《のり》在りて、我が心の法と戦い、われを肢体の中なる罪の法の下に虜《とりこ》とするを見る。」「われ自ら心にては神の律法に仕え、肉にては罪の法に仕うるなり。」

――如何にも、パウロの思念は疑うべくもない永遠の真実である。しかし、それでも我々はこの死すべき肉と世界とを愛さねばならぬ、大いなる理由を慥《たし》かに有しているのである。

即ち、世界は神に因って創造せられ、加之《しかのみならず》神は受肉したのである。想《おも》うが好《よ》い。神が為に、この世界が真に忌《い》むべきものであるならば、何故《なにゆえ》にその神自らが、一切を超越した神自らが、我々微小なる被造物の姿を纏《まと》い、被造物と共に、その同じ世界と時間とを生きねばならなかったのであろうか。何故に、自ら滅ぶべき肉に降《お》りて、具体的な或る一個の人間の死を死なねばならなかったのであろうか。

我々は、如何なる理由を以てしても世界を憎むことは出来まい。何故《なぜ》なら世界は、神に触れたその瞬間に、創造よりして再度《ふたたび》、真に偉大なる価値を得た筈《はず》だからである。神が自ら下り、生きたと云う唯その一事を以て、――唯その偉大なる慈愛の故に、我々はこの世界を愛し続けねばならぬのである。

パウロは云う。「神は己の子を罪ある肉の様にて罪の為に遣《つか》わし、肉に於て罪を罰し給えり。」――読み誤ってはならない。然《さ》れど、十字架にかけられたのは、独り肉のみではなかった。其処《そこ》に在ったのは、云わば神であり、人であった基督の渾《すべ》てだったのである。

……斯《かく》て我々は苦悩する。それは、我々基督者が、一方で主に因って導かれた霊の生活に努めながら、他方で肉の生活をも否定し得ぬからである。だがこれは、我々のみに与えられた輝かしい苦悩である。多くのドミニコ会士等に対する私の苛《いら》立《だち》は、正に此処《ここ》に存している。彼等はこの苦悩を知ることなしに、清貧を説き、その実践を勧めるのである。そして、自らその道を示してみせては、教義にではなく彼等自身に直接に向けられた感銘を以て、民衆を回心せしめむとするのである。

私は、こうした者等に導かれて、奇妙な摩尼《マニ》教徒の如き厭世《えんせい》的生活を営む人々を多く知っている。彼等の実践する清貧は、殆ど肉と世界とへの憎悪《ぞうお》より成っていると云っても過言ではない。しかし、世界は拒絶せられるべき悪であると云う愚かな教えを奉ずる者等に対して、徒《いたずら》に貧困の程度を競うことに何の意義が在るであろうか。それは、慥《たし》かに異端を放逐し、人々を回心せしめるかも知れない。しかし、その結果として新たに信ぜられる所の主の教えは、既にして本来の深遠さを失い、色《いろ》褪《あ》せ変質した浅薄なものとなっているであろう。其処《そこ》から、人々は真の信仰へと覚《かく》醒《せい》してゆくであろうか。或いはそうかも知れない。但《ただ》私が、その楽観的な期待を信じないと云うだけのことである。清貧は、布教の為の手段であってはならない。それは、独り基督の学《まね》びと云う我等の窮極の目的に於てのみ意義を有するものである。

聖ドミニクスが、方法として如何にこれを異端者達から学んだと雖《いえど》も、彼がこの本義に就いて無自覚であったとは云えまい。そして何よりも、清貧の生活を実現する為には、常に基督の受肉を思わねばならぬのである。そのことの意義を慥《たし》かめ、この世界を、この肉と物質との世界を愛さねばならぬのである。――

……こうした思索に、私がどれ程の間耽っていたのかは解らない。単に司祭を待つにしては長過ぎたのかも知れぬが、それでも、然程《さほど》の時間は経なかった筈である。気が附けば、私は何時《いつ》か瞼《まぶた》を開いて、祭壇の上に掛かった炳乎《へいこ》たる十字架を眺めていた。

その背後には、色々の装飾硝子《ステンドグラス》が、鮮やかな光を瀉《そそ》いでいる。軈《やが》て前《さき》の助祭が現れた。私は聖堂の外へと延《ひ》かれた。

□

助祭は、取次に手間取ったことの弁解らしき辞《ことば》を、二三口籠《くちごも》るようにして喋《しゃべ》っていたが、私はそれを意に留《と》めなかった。この時私の感覚が集中せられていたのは、寧《むし》ろ彼の袖《そで》が放つ葡萄酒《ぶどうしゅ》の移り香の方であった。甘味ではあるが、何処《どこ》か痩《や》せた、鼻孔の奥に不快に澱《よど》む質《たち》の匂《にお》いである。それが微風に運ばれ、生暖かい空気に滲《にじ》んで辺りに漂っている。

隣を歩きながら私はその面《おもて》を偸《ぬす》み眄《み》た。強張《こわば》った、俄《にわ》かに峻厳《しゅんげん》さを繕《つくろ》った顔である。齢《とし》は私に長ずること二十歳許《ばか》りであろうか。然程《さほど》老いているようにも見えぬが、頭にはもう随分と雪髪《せっぱつ》が雑《まじ》っている。

暫《しばら》く、私は彼の努力に附合ってその顔を眺めていた。しかし、直《じき》にそれも莫迦《ばか》らしくなって、視線を背けると、覚えず小さな嘆息が洩《も》れた。猶《なお》しも彼の放っている一向に褪《あ》せぬ葡萄酒の香を嗅《か》ぐうちに、私には、その敬虔《けいけん》振った面《おもて》の所々から、出来の悪い樽《たる》の如《ごと》く、膨れ上がった困惑がしとしとと泄《も》れ出ているように覚えてきたからである。

聖堂奥の僧院に至ると、我々は中から飛び出して来た三人の若い女と擦れ違った。女達は、皆、丈の長い素《しろ》い衣服を身に纏《まと》っている。風に翻《ひるがえ》るその裾《すそ》の様が、奔馬の蹴《け》散《ち》らした土塊《つちくれ》のようである。顔を赭《あか》らめ俯《うつむ》き加減に咲《わら》っては、私《ひそ》かに詞《ことば》を交し合う。振り乱した髪には、蔦《つた》を象《かたど》ったような小さな飾りが揺れている。助祭が慌《あわ》てて、諫《いさ》めるように声を掛けると、この場違いな女達は互いに顔を見合わせ、少しく黙った後に、復《また》吹き出して声を挙げた。そして、中のひとりが去り際《ぎわ》に助祭の頬を叩《はた》いて行った。広い襟から零《こぼ》れた肩が、木洩日《こもれび》を受けて、仄《ほの》かに耀《かがや》いていた。

僧院内に入《い》ると、私は二階へと導かれた。助祭は動揺を隠し得なかったが、私は敢《あ》えて口を開かずにいた。こう云《い》う男と接するに、尊大な緘黙《かんもく》を守っていられるのは、私のささやかな美点の一つである。

階段を上り詰め、奥の一室の前にまで来ると、助祭は扉の外から声を掛け、応《いら》えを待った。戸が開《あ》いた。現れたのは、司祭本人である。

司祭は私の顔を慥《たし》かめることだになく、背を向け窓際の椅子《いす》へと歩み寄り、そこで漸《ようや》く振返って腰を掛けた。卓に肘《ひじ》を着くと、瞼《まぶた》がゆっくりと擡《もた》げられ、それから甚だ遅れて二つの眸子《ぼうし》が昇った。

助祭に促され、私は前に進んだ。手短に名前と身分とを明《あきらか》にし、里昂《リヨン》司教より預かった書状を取り出すと、司祭に手渡した。司祭は黙して私の顔を目守《まも》った儘《まま》、それを片手で受け取った。そして、書状に眼を落とし、ちらと裏を慥《たし》かめると、復《また》私の面を仰いだ。椅子に座した司祭は、実際に私を仰いだには違いなかったが、私が為《ため》には、これを見卸したと記するも誤りではないであろう。私に向けられた司祭の眼は、不審らしく書状の裏側を覗《のぞ》いたそれと、何等違う所が無かったからである。

――

部屋に意を注ぐ余裕の生じたのは、漸《ようや》く司祭が書状に眼を通し始めてからのことであった。

私は視線を先《ま》ず奥へと遣《や》った。

司祭の背では、西に向かって開いた窓が日昃《にっそく》の明かりに赫《かがや》いている。窓は小さく、光は其処《そこ》から這入《はい》って、瓶《かめ》に溜《たま》った微温湯《ぬるまゆ》のように澱んでいる。山の翳《かげ》は、この時間には未《ま》だ部屋を侵すには至らぬらしい。室内に置かれたものからは、僅《わず》かに小さな翳が漏れていて、その各《おのおの》がこちらに向かって流れ止《さ》した儘《まま》、冷めた熔岩《ようがん》のように固まっている。

窓の両脇《りようわき》は稍《やや》暗い。右手に在るのは葡萄酒の古い酒樽である。左手には長持《ながもち》が在る。酒樽の前面には錐孔《すいこう》が穿《うが》たれ、木製の嘴管《しかん》が、乱暴に斜めに埋められている。錐孔の下には掌大《しようだい》の沁《しみ》が見える。積年のくすんだ赤銅色《しやくどういろ》の上に、今し方流れ出たばかりの葡萄酒が、乾き遣らずに膿血《のうけつ》のように残っている。丁度、治癒し敢えずに瘡蓋《かさぶた》の剝げた擦傷《すりきず》のようである。私はこれに導かれて、この時漸く室内に満ちた葡萄酒の匂いに気が附いた。先程助祭の袖より発していたのは、この匂いである。更に次いで、私の感覚は俄かに醒覚《せいかく》したかの如《ごと》く、細部に現れた、司祭の堕落した生活の痕《あと》を見出《みい》だし始めた。

驚くべきことに、先《ま》ず窓辺に学問用の机が無い。在るのは今、司祭が肘を突いている食事用と覚しき小卓のみである。

酒樽近くの、苔《こけ》の生《む》したように埃《ほこり》の積った木棚には、蛇の鱗《うろこ》のような模様の捺《お》された革製の瓶が横倒しになっていて、やはり葡萄酒を吐き出している。沁《しみ》だらけの革は、手垢《てあか》に磨かれて、鉛のような鈍い光沢を放っている。その隣に在るのは、布を被《かぶ》った食物の籠《かご》である。籠の隙《すき》より、乾酪《チイズ》が見える。乳酪《クリイム》が見える。林檎《りんご》やプラムのような果物が見える。胡桃《くるみ》が見える。瓶詰にせられた酸酪《ヨオグルト》が見える。蜂蜜《はちみつ》が見える。……これらは孰《いず》れも食べ止《さ》したもの許りである。外は陰になって見えない。因《ちな》みに、此処《ここ》に列挙せられた類《たぐい》の食物は、或《ある》いは然《さ》して贅沢《ぜいたく》とも思われぬかも知れぬが、少なくとも私は、これらのどの一品に限ってみても、それが斯程《かほど》に豊かに盛られているのを、村では外《ほか》に終《つい》ぞ眼にしなかった。これは、前年よりの冷害の為に、亜力伯《アルプス》以北では広くこの地方をも含めて、兎《と》に角《かく》食物が無く、人々は日々の糧《かて》にだに窮《きゅう》すると云った態《てい》であったからである。勿論、司祭がこれを知らぬ筈はなかった。布を覆《おお》って隠さむとするのは、或いは若干《そこばく》の罪の念に因《よ》ることであろうか、或いは又人口に入るを懼《おそ》れてのことであろうか、――孰《いず》れにせよ、此処では独り司祭のみが、これらを食する贅《ぜい》に与《あず》かっているのであった。

類することとは、随所《ずいしょ》に露見していた。たっぷりと葡萄酒に浸され、炙《あぶ》り焼きにせられた麵麭《パン》の欠片《かけら》が、床《ゆか》の隅に転がっている。砕けた卵殻が塵《ちり》に塗《まみ》れている。左手に眼を転ずれば、羽根布団《ぶとん》の寝台が在る。……

　こうした例を、この上書き連ねるには及ぶまい。固《もと》よりそれらに心附かずとも、司祭の赤く膨らんだ瞼《まぶた》と、疎《まば》らに伸びた髭《ひげ》と、腮《おとがい》を包む肥肉とを見れば、事情はほぼ察せられるからである。

　――さて、書状を読み了《おえ》た司祭は、傍らにそれを打遣《うちや》ると、

「ニコラと云ったな、……お前は、ジャックの連《つれ》の者ではないのか？」

と問うた。

「ジャック……？」

「そうじゃ。ジャック・ミカエリスじゃ。お前と同じドミニコ会の者よ。今日も朝から下で喚《わめ》いておったわい。あのジャックのことを云っておるのじゃ。」

　私は司祭の詞《ことば》を漸《よう》く理解して、

「いえ、あの方のことは存じません。書状にどのように書かれてあったのかは解《わか》りませんが、兎に角、私は今日初めてこの村に着いたのです。目的は司牧に在るのではありません。托鉢《たくはつ》を行うつもりもありません。」

と応えた。司祭は復《また》大仰に卓に肘を突き、無関心らしく私の方を見て、

「そう云えば、そんなようなことが書いてあるわい。まァ、どうでも好《よ》いことじゃ。魔法使いの爺《じじい》に逢《あ》いたいのなら、村の東に住んでおるから、勝手に行って逢ってくるがよい。わしに遠慮はいらん。……それから、書状は一応受け取っておくが、宛《あて》名《な》はわしのではない。前任の者の名になっておる。わしはユスタスと云う名じゃ。わしがこの村に来たのは七年前のことで、その前の者は死んだと聞いておる。」

と云った。

私は少しく呆気《あつけ》にとられて司祭の言《こと》を聞き、次いで嫌厭《けんえん》の情の生ずるを禁じ得なかった。――しかし、それは、如何《いか》にも凡庸《ぼんよう》な嫌厭であった。司祭の惰容《だよう》が月並であるのと同様に、それに向けられた私の嫌厭も亦《また》、在り来《きた》りのものでしかなかった。そしてそれと同時に、予《かね》て里昂《リヨン》司教より聞き知っていた司祭の為人《ひととなり》と、実際に会した司祭の印象とが、甚だ違《たが》うことの疑を解いた。

佇立《ちよりつ》した儘《まま》黙している私に、司祭は酔眸《すいぼう》を卓上に這わせながら、

「さァ、もう用がないのなら行ってくれ。こう見えてもわしは忙しいのじゃ。」

と、懶気《ものうげ》に言い放った。

私は簡単な暇乞《いとまご》いをして部屋を跡にした。

扉の向こうから、「ふん、乞食坊主《こじきぼうず》が。」と云う呟《つぶや》きが聞えた。……

□

村は小川に因《よ》って二つに分たれていた。これは、南東の山中より湧《わ》き出て北西の平野へと真直《まつすぐ》に至る、一本の細い流れのことである。至るとは云《い》っても、勿論其処《もちろんそこ》で途切れるのではなくて、同じような幾つかの川と并《あわ》さって、軈《やが》てはロオヌ河に入るのである。道中の私は、これらの川を以《もつ》て標《しるべ》とすることが実際に幾度もあった。

村の舎《やど》は、この小川を挟んで教会の向かいに建っている。これは、先程の助祭の案内であった。私は彼より二三の指示を受けた後に、此処《ここ》に漸《ようや》く行李《こうり》を卸した。街道を逸《そ》れた辺境の小村のこと故《ゆえ》に、舎《やど》と云っても、平生利用する者は殆《ほとん》ど無いらしい。一階は、村人の集う酒場となっている。此処には風呂《ふろ》も見えている。二階は、纔《わず》かに三部屋が在るのみである。私の宛《あて》がわれたのは、この二階の部屋の中《うち》の一つで、外は舎主《やどぬし》自身の部屋と、物置部屋とになっている。旅の間《あいだ》に、私はこうした乞食坊主には相応《ふさわ》しからぬ場所に舎を採ることが度々有った。それ故に、此処でも戸惑を顕《あらわ》したのは、寧《むし》ろ舎主の方であった。これは至極当然のことである。一体、農作業を了《お》えた村人達が、誰憚《はばか》ること無く疲れを癒《いや》す場に、僧侶《そうりよ》が居合わせるのは具合の悪いことであろう。況《ま》して、風呂に就いては論を須《ま》たない。こうした舎《やど》で、自分が余り好《よ》い顔で迎えられぬのは常のことである。然《しか》るに、私の為《ため》に仍《なお》幸《さいわい》であったのは、此処の主《あるじ》が、窮《きわ》めて厚い信仰を有するを以て自任していることであった。就中《なかんずく》彼はジャック・ミカエリスを尊崇する者の一人であった。主《あるじ》は、彼と私とが同じドミニコ会士であるのを懌《よろこ》んだ。そして、これを以て始めの躊躇《ためら》いを打捨て、私をして此処《ここ》に宿泊せしめることとした。私とジャックとの間には、こうして互いに詞《ことば》を交すよりも早く、或《あ》る因縁が生じていたのである。

——

翌朝、祈禱《きとう》を済ませた私は、一階へと通ずる僅《わず》かの階段の中途で、蹌踉《そうろう》として、壁に身を預けねばならなかった。里昂《リヨン》よりの旅路は、思いの外に困難であった。糅《か》てて加えて、盗賊の出没するとの噂《うわさ》が、その路程を無理にも急がしめたのである。

已《や》むことを得ず、私はその日一日を床《とこ》の裡《うち》にて臥《ふ》して過ごした。

明けて更に翌日、私の具合はやはり勝《すぐ》れなかったが、それでも午《ひる》を過ぎた頃より舎を出て、村の中を歩くことにした。微恙《びよう》の原因は、懼《おそ》らくは疲労に過ぎなかったのであろうが、それでも、私が為には、この決断は多少の無理を押してのことであった。これには二つの理由が有った。一つは、私の身を案じた舎の主《あるじ》が、余り頻繁に加減を窺《うかが》いに来る為、却《かえ》ってそれが、私をうんざりとさせていたことである。主《あるじ》の態度は、所謂槌《いわゆるつち》を以て庭を掃くと云った体のものではなかったが、何処《どこ》と無く、病を看、以て自らを満足せしむと云った風で、それが私には甚だ疎《うと》ましく思われていたのである。今一つは、旅の途上で病褥《びょうじょく》に臥すことの不安の為である。これは、旅を畢《おえ》るまで、私が終《つい》に解放せられることのなかった一つの焦燥より発していた。一体人は、目本意《ほい》を遂げねばならぬと云う最も単純な焦燥が、即《すなわ》ちこれであった。的と云うものに対して、平時より、此処《ここ》に云うが如《ごと》き焦燥を多少は有しているのであろう。しかし、その同じ焦燥は、旅の途上に在っては、格別に劇《はげ》しく感ぜられるのである。蓋《けだ》しこれは、固《もと》より目的とは直接の関係を有さぬ、旅そのものに備わった不安が、何時《いつ》しか目的の達成を危惧《きぐ》する心情と結び合い、両《ふた》つながらにして膨らんでゆく為なのであろう。

私は兎《と》に角《かく》、この上じっと床に臥せていることにも耐えられなくなって、少し早めの正餐《せいさん》を済ませると、舎を出て、行き先も決めずに村の中をふらつき始めた。未《ま》だ朦朧《もうろう》とした頭を抱えていたので、その儘件《ままくだん》の錬金術師を訪《と》わむとする積《つもり》はなかったが、それでも歩くほどに漸《ようよ》う気も晴れていって、少し経《た》つと村の様子に眼を向ける余裕も生じてきた。

私が先《ま》ず興味を惹《ひ》かれたのは、その地形に関してである。村が小川に因って分たれていることは既に述べた。その中《うち》、南西の側の土地は、川を直径として半円状に拡《ひろ》がっている。教会の在るのはこちらの側である。一方、北東の側の土地は、同じ小川を斜辺とする東寄りの直角三角形を型造《かたちづく》っている。舎はこちらの側に在る。村の全体は、従って斜《はすがい》に罅《ひび》の入った桜貝のような形をしているのである。

彼が周囲には、その円周をなぞるようにして、なだらかな斜面が起《おこ》っている。山と云うよりは、丘陵と云った方が正しいであろう。此処《ここ》には家畜が多く放されている。又一方、此《これ》は、北東よりも稍《やや》東に寄った処《ところ》に直角の頂点を有していて、その背後を濃密な森に衛《まも》られている。この頂点に丁《あた》る場所には、一軒の石造の家が在る。

後に聞く所に拠《よ》れば、これが件の錬金術師の居であるらしい。森は更に、村に対しては、此処《ここ》より二辺に沿うが如くにして迫り、奥に向かっては、背後に控える巍々《ぎぎ》たる石灰岩質の山の麓《ふもと》まで、鬱勃《うつぼつ》と地を覆《おお》っている。この山は、村の周囲を巡るものの中では、最も険岨《けんそ》である。面《おもて》には、白い山骨が所々剝《む》き出しになっていて、それが、遠望すると、羊の群のようにも見える。――

村の地形は凡《およ》そ斯《かく》の如きである。これに就いて誌《しる》した叙《ついで》に、私は此処に、今一つを加えたい。これは、私がこの日の散策で発見し、未《いま》だに時折不思議に思うことである。即ち、村の小川に架かる、橋に就いてのことである。

これまでの記述の中で、私は稍《やや》不用意に、固より川の長さが規定せられているような書き方をしてきた。厳密に云えば、この場合に私が考えているのは、村の南東の森の出口から、北西の教会に至るまでの川の長さである。私が円の直径と書いた時にも、直角三角形の斜辺と書いた時にも、等しくこれを以てその長さとしているのである。

然るに今、この線分の真中に、橋が架かっている。そして、これより外に村には橋が無いのである。

橋は、石ではなく、森より採られた木を以て造られている。一体川とは云っても、極細い流れに過ぎぬのだから、橋を架けずとも渡れる箇所は幾つか在る。実際、私は、教会から舎へと移るに際して、橋を用いることをしなかった。しかしこれには、この季節に川の水位の下がっていることが、大いに手伝っている。春先、山より雪解の水の入《い》る時には、斯《か》の如くにはゆかぬであろう。糅《か》てて加えて、農作業の為には、これは頗《すこぶ》る不便である。私の看《み》た所、村には三圃《さんぽ》制が跡を留《とど》めており、鍬《くわ》や鎌《かま》なら兎も角も、共同作業に用いる重量有輪犂《カルカ》の如き大きな農機具の受渡は、橋を以てするより外はないからである。

このことの不思議を、私は夕刻舎に戻ってから、主《あるじ》に問うてみた。しかし、信心深い《・・》この男は、別段意味が有るのではないと答える許《ばか》りで、口を噤《つぐ》んでしまった。信心深い《・・》と態々《わざわざ》断ったのは、他日私が、橋に就いての土着の異教的な伝承を、他《た》の者より聞き識《し》ったからである。

この伝承の中身を、此処に詳《つまびらか》に録《しる》すことは出来ない。私が識《し》り得たのは、唯《ただ》、橋の上で時折、死者の霊に遭遇する者が在ると云うことだけである。こうした伝承は、寧ろ街道の十字路に纏《まつ》わる話として屢《しばしば》聞かれるものである。橋を以て陸路の延長とし、川を以て無理にも水路と看做《みな》すならば、或いはこれとて十字路の一つと呼び得るかもしれない。しかし、私はこれに満足せられなかった。固より川には、小舟一艘泛《そうう》かべる余裕もないのだし、第一この説明では、何故《なにゆえ》に橋がたった一つしかないのかと云う抑《そもそも》の疑に対して、充分の答えが得られぬからである。

村に在った間、私は折に触れてこのことを考えていた。私の興味が以後一向に薄れることを知らなかったのは、これより日を閲《けみ》するほどに、幾つかの新しい事実が発見せられていったからである。例えば、この橋が精確に測量したかの如く、私の云う線分の中心に在ることとである。従って、此処を中心として線分を直径とする円を描けば、その軌跡は、南西の村の周囲とほぼ一致するのである。この時、北東に於《お》いては、軌跡は森の中に隠れてしまうが、唯一箇所だけそれと接する点が生じる。これが、錬金術師の居を構える場所である。更にこのことに関連して、今一つの事実が有る。橋の上から教会を見遣《みや》り、その儘視線を巡らせて、この錬金術師の家にまで至ると、その角度が凡《おそ》そ三分の四直角であることが解《わか》る。それ故に、橋と、錬金術師の家と、森の出口である線分の末端とは、或る正三角形の頂点を成すのである。……

これらの事実を、私は啻《ただ》に幾何学的遊戯の結果に過ぎぬとは思わなかった。否《いな》、今以てそうは思わぬのである。それが人為に因るものなのか、或いは偶然の為業《しわざ》なのかは解らない。しかし、後に叙《じょ》する所を見れば、私許《ばか》りではなく、これを読む者も亦《また》、必ずや此処《ここ》に何らかの意味を認めむと欲するであろう。事実私は、混乱した村での日々に於てよりも、寧ろ少しく時が経《た》ち冷静にこれを振り返ってからの方が、より強く其処《そこ》に存するであろう意味を思うようになったのである。——但《ただ》、一方でこうした思索の跡が一つ慥《たし》かに示していることは、私の関心が、次第に橋そのものから、橋と錬金術師が居《きょ》との関係へと移っていったと云うことである。その関係は、勿論橋に纏《まつ》わる尽きせぬ興味の一つに過ぎぬが、然《さ》りとて私が殊更《ことさら》それに惹《ひ》かれていったと云うのも、別段奇とすべきことではないであろう。それを説明するには、仍後《なおのち》の記述を須《ま》たねばならないが。……

さて、しかし、この日の散策が、私の為に忘れ難いものとなったのは、斯《かく》の如き様々なる地理上の発見の為と云うよりも、寧《むし》ろ次に記すが如き一つの邂逅《かいこう》の有った為である。

村の中を方々巡った後に、川伝いに足を進めていた私は、森の入口に至るに及んで、踵《きびす》を旋《めぐら》せ、舎に戻らむと歩き始めた。

陽は既にして傾き、村一面が、燃え立つように赫《かがや》いていた。歩き始めて幾許《いくばく》もせぬうちに、私はふと、人の無い筈《はず》の背に幽《かす》かに跫音《あしおと》を聞いた。気にせず更に二三歩行くと、復《また》跫音がして、今度はそれがこちらに向かって近附いて来る。私は漸《ようや》く振り返って、森の奥へと眼を遣《や》った。森は生茂った木々に厚く覆われ、闇《やみ》の裡に閉じている。そして、その暗がりの中、時折聞こえる妖《あや》しい禽獣《きんじゅう》の鳴《こえ》の底で、蟬声《せんせい》が常と殊《こと》なる不思議な重々しさを以て響いている。……

現れたのは、独りの初老の男であった。漸《ようよ》う、光に澌《そそ》がれてゆくその面《おもて》の中で、眼窩《がんか》に溜《たま》った闇の名残が今にも零《こぼ》れむとしている。奥に窺われるのは、冷たく乾いた漆黒《しっこく》の双眸《そうぼう》である。

忽《たちま》ちにして、私はその容貌《ようぼう》に魅入られた。――強靭《きょうじん》で聡明《そうめい》な思考の、絶え間の無い痕《あと》を示す秀《ひい》でた額《ひたい》。鷹鸇《ようせん》の雄々しく広げた双翼の如き眉《まゆ》。俗事を侮蔑《ぶべつ》する威高な隆準《りゅうせつ》。鼻翼の根から、左右の頰を制するが如く刻まれた深い皺《しわ》。不敵に結ばれた、一際《ひときわ》大きな口。そして、下に控える、短く、底の広い顎《あぎと》。……体軀《たいく》は長大にして魁《かい》偉《い》であり、その歩き方一つにも何処《どこ》か知《し》ら堂々とした趣が窺われる。服飾は質素を以て旨《むね》としたるが如く、色は遍身《へんしん》悉《ことごとく》黒である。男の風丰《ふうぼう》は、どの一つを採って看ても、煙火中の人をして容《い》れること能《あた》わざらしめる、狷介《けんかい》な性を湛《たた》えている。それでいて、卑屈さは微塵《みじん》も見えない。却《かえ》って周囲の気をも呑《の》まむ許りの威神に溢《あふ》れており、その侵し難い雰囲気を、彼を包む踝《くるぶし》程もある丈の長い外套《がいとう》のように緊《かた》く身に纏《まと》っている。

——私は感嘆し、膚《はだ》に粟《あわ》の生ずるのを覚えた。何《いず》れの時と場所とを思い返してみても、私は嘗《かつ》て、斯《かく》も高勁《こうけい》な人の姿を眼にしたことがなかった。霊魂の偉大さが、斯もありありと現れた人の姿を金輪際見たことがなかったのである。

淙琤《そうそう》と滞《とどこお》らずに流れる小川を挟んで、男は彼方《かなた》に、私は此方《こなた》に在った。色を失って立ち尽くす私を睥睨《へいげい》するように一瞥《いちべつ》すると、彼はその儘《まま》背を向けて己が居へと去って行った。

程経《ほどへ》て、驟然《しゅうぜん》と私は、彼の何人《なんぴと》たるかを悟った。——即ち、これが錬金術師であった。

□

翌早朝、私は多少の昂奮《こうふん》を以《もっ》て眼を覚ました。体調は頗《すこぶ》る善かった。未《ま》だ冷め遣《や》らぬ床を整えながら、私は、昨日の邂逅《かいこう》を思い返していた。……ユスタスと会した時と同様に、錬金術師の貌容《ぼうよう》は、私が里昂《リヨン》司教の話より想像していたそれと、頗《すこぶ》る殊《こと》なるものであった。しかし、前者の時とは違って、この度は失望させられたのではなく、云《い》うなれば若干《そこばく》の期待を抱かせられたのである。私はこれに少しく安堵《あんど》を覚えていた。何故《なにゆえ》と云うに、実際に村には来てみたものの、正直な所、私は未だ司教の云うことには半信半疑であったからである。勿論《もちろん》、昨日の邂逅《かいこう》に因《よ》って、疑の総《すべ》てが払拭《ふっしょく》せられた訣《わけ》ではなかった。但《ただ》、これまで努めて信ぜむとしていた司教の詞《ことば》が、何となく自然と信ぜられるように思えてきたのである。

——しかし、こう思うのと同時に、私は忽然《こつぜん》と不快の萌《きざ》すを禁じ得なかった。これは、昨日舎主《やどぬし》との間に交した一つの遺取《やりとり》を思い出したからである。

ことの次第はこうである。

夕刻、舎に帰って私の見た所を話すと、主《あるじ》は如何《いか》にもそれが錬金術師でしょうと応《いら》えた。この時初めて、私は彼の名のピエェル・デュファイなることを識《し》った。これは不思議と、里昂《リヨン》の司教も当地の司祭も明《あきらか》にはしなかったことである。併せて私は、彼の為人《ひととなり》に就いて主《あるじ》に尋ね、その許《もと》を訪《と》うことの是非を問うた。

彼は言下に応えて、こう云った。

「あの男に逢《あ》いに行くとおっしゃるのですか？　そんなことは御廃《や》めなさいませ。行ったところで、追い帰されるのが落ちでございます。あの偏屈男の人嫌いは、識《し》らぬ者の無い位、有名な話なのです。私にしても、もう随分と長くこの村に棲《す》んでいますが、未《いま》だ嘗《かつ》て、一度として詞《ことば》を交したことが無いのですから。いいえ、私が声を掛けたって、まともな返事が返ってくる筈《はず》はありません。悪いことは申しません。御廃《や》めなさいませ。ニコラ様も、わざわざそんな所に行って、不愉快な思いをなさることはないではありませんか。」

私はこれに当惑した。

「しかし、私はその男に逢う為《ため》だけに、この村にやって来たのですから。……」

こう云うと、主《あるじ》が為にはその言《こと》が余程意表に出たらしく、暫《しばら》くものも云わずに私の顔を目守《まも》っていたが、軈《やが》て、徐《おもむろ》に口を開くと次のように問うた。

「ニコラ様も、例の秘術を識ろうとなさっているのですか？」

「ええ、協《かな》うことならば。」

「……そうですか。」

主の面には、侮蔑《ぶべつ》の色が挿《さ》した。

「それなら、なおのこと、御已《よ》しになられた方が宜《よろ》しいでしょう。欲の昂《こう》じた若い村人の中にも、術の秘密を識ろうと、足繁《しげ》くピエェルの許に通った者がありましたが、皆、門前払を喰わされてます。……教えようとはしないのですよ、あれは、……まァ、そういうことですから、ニコラ様も、……それにしても、私はてっきりあれの許へは説教をしに行かれるのかと思っておりましたが、……」

この詞《ことば》に、私の矜持《きょうじ》は些《いささ》か傷付けられた。そして、此処《ここ》に及んで、私は漸《ようや》く主《あるじ》の心中を解し得たのである。主《あるじ》は私がピエェルを訪わむとするを、貪欲《どんよく》の故《ゆえ》にと考えているらしかった。しかし、これは無論、勝手な臆断《おくだん》である。私は誤解を正さむとした。そして、その奈何《いか》なる語を以て為《な》すべきかに、甚だ窮した。

私のピエェルに逢わむとするのは、術に通じ、以て学問の研鑽《けんさん》に努めむが為である。それを以て黄金を得むとするは、固《もと》より私の考えるだにしなかったことである。然《しか》るに今、そのことを主《あるじ》に説明するに丁《あた》って、私は何処《どこ》からどう手を着けるべきか、思い迷っていた。錬金術が、啻《ただ》に悪魔の術として排せられるべきものではなく、自然学の対象たり得るものであると云うことを、辺境の村の舎主に過ぎぬこの男に、どう説明したら好《よ》いものかと、私は迷っていたのである。

私は先《ま》ず、抑《そもそも》私をして旅へと向かわしめた異教哲学の問題に就いて、根気良く順を追って説いてゆくことを考えた。しかし、これには余りに多くの詞を要する上に、理解を得る望みにも乏しく、直《すぐ》に断念せられた。

次に、錬金術をスコラ学の原理の上より説いて、その可能性が必ずしも否定し得ぬものであることを理解せしめむとした。しかし、これもやはり膨大な説明を要することであり、固より主《あるじ》が、自然学に関して何等の智識《ちしき》も有していない上は、不可能であった。

最後に考えたのは、大アルベルトゥスを例に挙げ、実際に過去の偉大な基督者《キリスト》が、錬金術の研究に携わったと云う事実を以て、主《あるじ》を納得せしめると云う方法であった。これは最も単純にして、且《かつ》功を成す可能性も大きいであろうと思われたが、主《あるじ》に先ず、大アルベルトゥスに就いての説明より始めねばならぬのならば、期する程の結果も望めなかった。

――斯《かく》て私は、もどかしさに耐えぬ儘《まま》、沈黙せざるを得なかった。主《あるじ》は又、この沈黙を以て答えとし、所用を理由に奥へと退《さ》がってしまった。……

こうしたことを思い出しながら、私は何となく莫迦《ばか》らしくなって嘆息した。これは、常のことである。

私が説明の為に考えた種々の方法は、所詮《しょせん》は、瞬時に脳裡《のうり》を掠《かす》めたに過ぎない。斯様《かよう》な些細《ささい》な不快を、事々しく此処に書き連ねたのは、常より、私の世人に容《い》れられぬを、苛立《いらだた》しく思っているからである。

世人と交り、彼との間の遣取《やりとり》が一向に儘《まま》ならぬ時、私が更なる詞《ことば》を以て理解せられるを求めむとせぬのは、啻《ただ》に煩《はん》を厭《いと》う故のみではない。その為に費される膨大な詞が、私には徒《あだ》ごとのように思われるからである。私の裡《うち》なる諦念《ていねん》は、理解を欲する情を、快不快の情に簡単に結んでしまう。日常の束《つか》の間《ま》の快の為に、多言を用いることを私は潔《いさぎよ》しとしないのである。加えて、世人の無智《むち》が、全体私の理解せられることへの希望を絶ってしまう。これは人をして、私を驕慢《きょうまん》と云わしめる所以《ゆえん》の心情である。しかし、敢《あ》えて反駁《はんばく》するならば、この驕慢は、別段独り私にのみ存するものでもあるまい。斯云うのは、私よりも遥《はる》かに学識に優れた者の為には、私に解されむとする努力も亦《また》、等しく虚《むな》しいものであろうと想《おも》われるからである。――

さて、ピエェルに逢わむとする思いには勿論一向に変りはなく、私は午後になるのを待ってひとり舎を跡にした。主《あるじ》は呆《あき》れたような顔で見送った。私とて、完《まった》く不安の無い訣ではなかった。彼の忠言は固より、昨日自身の眼で慥《たし》かめた印象からも、ピエェルが青眼を以て私を迎えるとは、到底考えられなかったからである。

舎を出て、森に沿って暫く行くと、小高く隆起した土地の上に、一軒の石造の家が見えてきた。これがピエェル・デュファイの居であった。巴黎《パリ》では別段珍しくもないこうした建物も、村では教会を除いて、纔《わず》かに二三を数えるのみであり、外は皆土壁に藁葺《わらぶき》屋根と云った粗末な造りとなっていた。私は、昨日遠望した時の印象と違《たが》わず、その淡然とした様に心惹《ひ》かれた。壁には蔦《つた》一本這《は》ってはいない。窓は小さく刳貫《くりぬ》かれ、南北に一つずつ在る許《ばか》りで、その各《おのおの》が、人眼を避けるようにして極僅《わず》かに開いている。装飾と目せられるものは何も無い。家畜の姿も見えない。

棟は精確に西を向いて建っている。その正面の戸口からは、真直《まっすぐ》に一条の径《みち》が伸びていて、庭の中でも其処《そこ》だけ草が生えずに白く浮かび上がっている。径《みち》の先には木戸が在る。周囲に隙《すき》無く巡らされた柵《さく》は、此処で一つに結ばれるのである。

漸《ようや》く家に辿《たど》り着いた私が、此処で猶須臾《なおしゅゆ》の間《ま》中に入《い》るを躊躇《ためら》ったのは、啻《ただ》にこれらの佇《たたず》まいの為のみではなかった。私の足をその場に留《とど》まらしめたのは、寧《むし》ろ家の背後に迫った鬱乎《うつこ》たる森の威容であった。蒼穹《そうきゅう》に向けて枝葉を伸ばした大木の群が、この時の私の眼には熾《さか》んな焔《ほのお》の如く映じていたのである。

それは云うなれば、何か知ら全的で、神々《こうごう》しく、猶且巨大で破滅的な力の横溢《おういつ》であった。澎湃《ほうはい》たる、威霊《いれい》の迸《ほとばし》りであった。私はその様に、ソドムやゴモラを灰燼《かいじん》にせしめた、硫黄の大火を見たように思った。婬蕩《いんとう》を勦滅《そうめつ》せむとする裁きの大火を見たように思った。底に溜《たま》った森の闇《やみ》は、屍《し》肉《にく》より噴出する黒煙の如《ごと》、繁茂した条枝の先端は、将《まさ》に浄化せられ、昊《そら》へと放たれむとする、人の罪の最後の妖《あや》しい赫《かがや》きの如。……眼前に幻出した光景に、私はその刹那《せつな》、慥《たし》かに立ち会っているかの如き錯覚を覚えたのである。

幻影の衝撃は、私を或《あ》る思考へと連れ去った。私は、悪の実在に関する我々の教義を疑った。悪が、単に善の欠如に対して為された命名に過ぎぬのであるならば、何故その贖《あがな》いの為に、斯《かく》の如き瞬間的で、無時間的な裁きが必要とせられるのであろうか。何故、永い運動の果てに得られるであろう、その本性の存在と完成とが待たれることがないのであろうか。……私は股栗《こりつ》した。被造物が悪としては存在し得ぬのであるならば、この焔が焼残せしめむとしているのは、啻《ただ》に人の堕落のみではない筈である。それは、善悪を遍《あまね》く孕《はら》んだこの世界の根源的な秩序であり、この世界そのものである筈であった。否《いな》、独り世界のみではない。眼前の焔の凄まじさは、世界と時間とを両《ふた》つながらに呑《の》み込まむとしていた。そのうねりと目眩《めくるめ》く赫《かがや》きとの裡に、或る瞬間的な到達の暗示と再生の劇的な予感とを閃《ひらめ》かせながら。——世界の全的な到達と再生。そして私は、その濃緑の焔の渦中《かちゆう》に、幽《かす》かに己自身の姿を垣間《かいま》見《み》たような気がした。……

私のこの異常な体験は、正《まさ》しく無時間的に得られたものであった。それは殆ど瞬時の目撃であり、瞬時の戦慄《せんりつ》であった。我に帰った私は、記憶の光景の不可思議な力強さと、其処《そこ》に寄せられた思索の跡とを怪しんだ。それは、燃え残った燠《おき》の如き、森の底の若木の繁茂と相須《あいま》って、今し方眼にした許りの幻影が、啻《ただ》に幻影ならざることを仄《ほの》めかしているかのようであった。……事実、この体験は暗示的であった。顧《かえりみ》れば、この北東の森には、慥《たし》かに或る力が、我々の世界とは隔絶せられた或る異様な力が、深秘せられていたように思われてならぬからである。——

戸を叩《たた》きピエェルを待っていた私は、この故《ゆえ》に却《かえ》って多少の落着を得ていた。それは丁度魘夢《えんむ》の後の安堵《あんど》のようなものであった。

暫《しばら》くすると、中から低い声で誰何《すいか》するのが聞こえてきた。私は名を名乗った。次いで、巴黎《パリ》よりの旅程で此処を訪れるに至った経緯を短く喋《しゃべ》った。ピエェルは、ゆっくりと戸を開けた。外套《がいとう》の無いことを除けば、昨日と変わらぬ丈の長い黒い装束に身を包んでいる。髪はさっぱりと後ろに流されていて、例の際立《きわだ》った額《ひたい》には、仄《ほの》かに汗が滲《にじ》んでいる。

彼と向き合って、私は少しく途方に暮れた。ピエェル・デュファイは、戸口に立った儘、やはり一言だに発することなく、冷徹な眼を以て繁々《しげしげ》と私の顔を目守った。私は兎《と》に角《かく》彼の関心を惹く為に、先ず巴黎《パリ》でのトマス研究のことに就いて話し始めた。それが一応は済むと、続けて更に、アリストテレスそのものに言及して、その自然学に関する、甚だ論旨の不明確な意見を述べた。ピエェルは変らず無表情の儘《まま》、唯《ただ》黙ってそれを聞いていた。そして、私が言《こと》に窮《きゅう》するようになると、何か知ら思う所の有るらしい様子で、視線を落とし、再度《ふたたび》上げ、軈《やが》て返って部屋の奥へと退いた。私は思い迷った後《のち》に、その戸の開かれた儘《まま》なることを以て応諾の標《しるし》とし、跡に従って屋内に這入《はい》った。

薄暗い部屋の中で、最初に私の眼に留まったのは、名のみ高く、永らく実物を見ること能《あた》わなかった、所謂《いわゆる》哲学者の卵であった。錬金炉《アタノオル》であった。それから私は、何時《いつ》もの癖で書棚を探し、其処に並んだ書の類《たぐい》に眼を遣《や》った。

書棚は北の壁の大半を占めていて、上下六段程に分れており、各《おのおの》に隙無く本が詰められている。その数は膨大であり、此処にその都《す》べてを録《しる》すことは出来ぬが、試みに幾つかを例に挙げてみれば、次の通りである。

即《すなわ》ち、聖トマス、大アルベルトゥスに依《よ》る、アリストテレスの『自然学』、『生成消滅論』、『分析論後書』の注釈の類、ボエティウスの翻訳なるポルフュリオスの『アリストテレス範疇《はんちゅう》論入門』、アヴェロエスに依るアリストテレスの注釈書、ヴァンサン・ド・ボオヴェの『自然の鏡』等。又一方で、カルキディウスの翻訳なるプラトンの『ティマイオス』。更に、ロジャア・ベイコンの『大著作』、『錬金術の鏡』、ライムンドゥス・ルルスの『聖典』、フラメルの『象形寓意《ぐうい》図の書』、亜拉毘《アラビ》亜《ア》人のゲエベルの著した『錬金術大全』。その外、『神学大全』、『形而上学《けいじじょうがく》註解』を始めとした一連の聖トマスの著作、それに、抑《そもそも》私をして旅へと立たしめた、フィチイノの『ヘルメス選集』等、……

――書棚を一瞥《いちべつ》して径《ただ》ちに領解せられるのは、ピエェルの蔵書が、頗《すこぶ》る偏無《へんな》く党《とう》無《な》くして収集せられていると云うことである。以上の書名は私の意に任せて列挙したに過ぎぬが、珍書奇書の類は別として、プラトンに比して、アリストテレスに関するものが多いのは、錬金術そのものの性格と、時代の制約との為であろう。――勿論、そう云った分析より以前に、抑《そもそも》、斯様《かよう》な田舎の片隅にこれ程の蔵書の在ること自体が驚嘆すべきことであった。題名の知れぬ羊皮の古書や写本の類も随分と多い。私はこれを観《み》ながら、彼のこの村に至るまでの遍歴を想った。如何《いか》なる手段を講じようとも、これらの都《すべ》てを此処に居ながらにして集めることは不可能だからである。

さて、書棚から引き続き、壁伝いに視線を巡らせゆくと、東の面には、一幅の絵が掛っている。描かれているのは、皓《しろ》い一角獣で、それが、焞々《たいたい》と焰《ほのお》の罩《こ》める湖の中で、項《うなじ》を垂れて、脚の中程まで水に浸《ひた》っている。立上がろうとしているのか、或いは、伏せようとしているのか、前脚を稍《やや》折って、角を斜めに落した姿は、嫋《たお》やかにも見え、又、雄々しくも見える。

額の下には机《き》案《あん》が在る。壁に沿って一基の二股《また》の燭台《しよくだい》と幾本かの蠟燭《ろうそく》とが立てられていて、その前には、開かれた儘の二三の古書が、折重なるようにして置かれている。蠟燭は、澄んだ皜《しろ》い色をしている。我々の日常に使う獣脂を固めたものではなく、本物の蠟で出来ているらしい。

次いで、眼を南の壁に転ずると、窓の上には十字架が掛っている。下には木棚が設《しつら》えてあり、薬品名を記した色々の瓶が井然《せいぜん》と並んでいる。瓶は孰《いず》れも硝子《ガラス》製で、底の丸く口の筒状になったものや、三角錐《すい》を成したもの、円錐を成したもの等が在り、各《おのおの》の奇態が、或る落着いた謐々《ひつひつ》とした趣の下に一様に鎮《しず》んでいる。

窓からは、幽《かす》かに光が射《さ》している。

私はこの時、ふと、石の沈黙を思った。これらの薬品より、音に聞く賢者の石なるものが生まれるのならば、この静邃《せいすい》は、結合し凝固する以前の石の沈黙であるのかも知れない。堅彊《けんきよう》で、外界を厳しく拒絶し、猶《なお》も常に内向し、際限無く満たされ続ける、石の沈黙。それが、今は未《ま》だ結び敢《あ》えずに、夫々《それぞれ》の柔弱な姿を纏《まと》った儘《まま》、唯その沈黙だけを湛《たた》えているのである。

然るに、これは独り薬品のみに存するものではなかった。この部屋に在るもの渾《すべ》ては、やはり同じ沈黙を帯びている。書籍も、絵も、焰も、気も、蒸留器も、錬金炉《アタノオル》も、その他の怪しげな器具の類も、軈《やが》てはそれらの薬品と同様に石として結実し、同じ沈黙の裡《うち》に一塊を成すのである。洋溢《ようい》する硬質な静寂は、云《い》わば遍《あまね》く石の沈黙である。

そして、その熟し遣らぬ沈黙の中心に在るのが、ピエェルであった。

部屋に這入《はい》ってより、覚えずその佇まいに魅せられていた私を傍らに、ピエェル・デュファイは何時しか作業に戻っていた。私はこれに気が附かなかった。能々《よくよく》考えてみれば、始めに錬金炉《アタノオル》を眼にした時には、既にその隣にピエェルの姿が見えていたような気もする。私はそれを、殆ど気に留めずに見過ごしていたのである。否、見過ごしたと云うよりは、認めていながらもピエェルを個人として意識することをしなかったのである。奇妙な云い方ではあるが、私の眼にはピエェルが錬金炉の部分の如く映っていたのである。

ピエェル・デュファイは、稍《やや》前屈《かが》みに椅子《いす》に腰掛けて、じっとそれを打目守《うちまも》っている。手を掛ける様子は無い。面には洩《も》れ出《い》づる焔の赫《かがや》きが踊っていて、時折それが、鼻翼の脇《わき》や瞼際《けんさい》の皺《しわ》に異様な深い翳《かげ》を刻んでいる。実際の表情は一向に変わらぬが、その刹那《せつな》にだけは、未《ま》だ知らぬ今一つの別の表情が現れるように見える。焔は肉に食込んで、分ち難く結び合っている。それでいて、異質感は無い。それは恰《あたか》も、映じているのではなく、裡《うち》より顕現しているかのようである。

……後に解《わか》ることであるが、私が村にいた間、ピエェルは、所謂《いわゆる》白化《アルベド》の作業に取組んでいた。これは、錬金術の大作業中、黒化《ニグレド》と呼ばれる最初の過程に続く第二番目の過程である。この過程の作業を了《お》え、更に赤化《ルベド》の過程に成功すれば、目指す賢者の石が得られるのである。因《ちな》みに従来、白化《アルベド》と赤化《ルベド》との間には、黄化《キトリニタス》と呼ばれる今一つの過程が有るとせられていたが、ピエェルはそれを認めなかった。これは、一方で伝統的な硫黄―水銀理論に固執していたのとは殊《こと》なり、経験に則し実証を尊ぶ、彼の今一方の態度の現れであった。

暫《しばら》く作業を眼にしているうちに、私はゆくりなくも、幼時に街の時計屋に赴いた時のことを思い出した。その時も、私は今と同様に、微細な器械とそれを覗《のぞ》き込む職人とに眼を瞠《みは》っていた。男の老練の手の中で、針が進み、復《また》戻り、分解せられては止まり、組立てられては再度動き出す。……それが私には甚《はなは》だ不思議に思われていたのである。

私はその時、或る名状し難い畏敬《いけい》の念を抱いていた。それは、啻《ただ》に歯車を扱う彼の技術にのみ向けられたものではなかった。穉《おさな》い私の連想は、時計と時間とを等しく見做《みな》していた。即ち、彼の手中には、時間そのものが在ったのである。――斯《か》くの如き回想は、信ずるに足らぬものであろうか。或いはそうかも知れない。事実として、私の見た所のものが何程慥《たし》かであるにせよ、其処《そこ》に附された印象は、所詮《しょせん》は、後年になって改めて添えられたもののようにも思われる。私は懼《おそ》らくは、当時未《ま》だ珍しかった歯車時計を、子供らしい好奇心と驚きとを以《もっ》て眺めていたに過ぎぬのであろう。事実、時間の儘《まま》ならなさに就いて私が苛立を覚えるようになったのは、それよりも遥かに後のことだからである。

……だが孰《いず》れにせよ、この時私が、ピエェルの姿に、時計職人に看《み》たと信じた時間の支配の現れを感じていたのは慥《たし》かであった。ピエェルの錬金炉に向かう態度には、敢えて云うならば、我々が彌撒《ミサ》を行い聖体を拝受する時と同様の、儀式的な厳格さと敬虔さとが在った。それは常の生活を越えて、何か知ら崇高な存在に触れているかのような態《てい》であった。

そして私には、やはりそれが不思議であった。何故《なぜ》と云うに、ピエェルより受けた斯様《かよう》な感銘は、賢者の石と云う未智《みち》なる物質の成就《じょうじゅ》の予感に、直接に由来するものではなかったからである。私がピエェルに見出《みいだ》したこの超絶の質は、云わば、不毛に畢《おわ》るやも知れぬ、作業と云う行為そのものに因《よ》っていたからである。

私は些《いささ》か思案した。抑《そもそも》この行為は、目的を遂げなければそれ自体としては何等意味を持たぬ筈《はず》のものである。私の不思議は、この単に手段に過ぎぬ作業と云う行為が、目的を離れて一つの本質的な価値を有するように映ることである。錬金術師が、作業と倶《とも》に人格上の鍛練をも重視すると云うのは屢《しばしば》耳にする話である。私はその為《ため》の具体的な方法を詳《つまびらか》にはしない。しかし、彼等の信ずる所に拠《よ》れば、それは殆ど作業の進展に沿うようにして実現せられるらしいのである。一体錬金術とは、賢者の石を手に入れ、万物を黄金《きん》に変成せしめることを以て、その終局の目的とするには疑を容《い》れない。しかし、その為の作業自体が、抑《そもそも》の目的とは離れて一つの修養の術として用いることが出来るのであれば、縦《よし》や黄金の探求と云うものが絵空事に過ぎぬとしても、猶《なお》これを径《ただ》ちに否定するは太早計《たいそうけい》と云うべきではあるまいか。勿論《もちろん》それには、錬金術が、異端の業《わざ》であるか否かの検討に耐え得ると云うことが前提として在る。それはこれからの問題である。しかし、私はそれに幾分期待したいような気もする。こうした心情を、どう説明すべきかは解らない。が、少なくとも今の私の為には、眼前のピエェルの姿を纔《わず》かに一瞥《いちべつ》するだけで、それが完《まった》く正当な期待として肯定せられるような気がする。私には、その姿にありありと現れたる所が、啻《ただ》に彼の個人的な資質にのみ由来するのではなく、作業と云う行為を通じて、始て贏《かちえ》られたものと覚えてならぬからである。――

立ち尽くす私は、こうした思いを抱くのと同時に、他方で、云い知れぬ遣《や》る方無さを感じていた。自然学としての錬金術は、依然として私の詳《つまびらか》に識《し》る所ではなかったが、然《さ》るにても、この異教的な秘術には、慥《たし》かに我々の世界が喪失しつつあった、或る根源的な、力強い魅力が存しているように感ぜられたからである。それが、何であるのかは未だ解らなかった。しかし私には、何故《なにゆえ》に嘗《かつ》てあの大アルベルトゥスが憑《つ》かれたかの如くこの術の研究に没頭したのかが、何となく理解せられたような気がした。……

　それから、どれ程の時間が経《た》ったのかは覚えてはいない。結局、我々はその後も一語だに交すことなく、薄暗いこの部屋の中で夕刻を迎えるに至った。これまで絶えて炉から離れずにいたピエェルは、此処《ここ》に及んで徐《おもむろ》に私の方を振返ると、五日後に今一度足を運ぶようにとだけ云って、憔悴《しょうすい》したような面持で椅子に躰《からだ》を委《ゆだ》ねた。私はこれを諾《だく》した。そして、戸口にまで進んで、ちらと後ろを顧《かえりみ》た。深閑とした部屋の中には、孤《ひと》り錬金炉《アタノオル》の焔が、猶《なお》も赫奕《かくえき》と灯《とも》っていた。

□

　ピエェルの許《もと》を辞して程無く、私はひとりの男に声を掛けられた。これが、ギョオムであった。ギョオムは、村で鍛冶屋《かじや》を営む壮齢の男で、小丈《しょうじょう》にして容貌《ようぼう》は頗《すこぶ》る醜く、剰《あまつさ》え、両脚に畸型《きけい》が看《み》られた。農耕に携わること能《あた》わず、鍛鉄を以《もっ》て業《なりわい》としたるも、この畸型が為《ため》であると云《い》う。

ギョオムは、その時は未《ま》だ見知らぬ筈《はず》であった私を摑《つか》まえて、ピエェルが居に赴いた理由を仔細《しさい》に問うた。そして、それが一応は領解せられると、今度は打って変ってピエェルの為人《ひととなり》を事々しく称《たた》え始めた。讃美《さんび》の辞《ことば》は如何《いか》にも拙《つたな》く、思いのみが勝って、一向にその主旨の伝わらぬものであったが、私には、却《かえ》ってその故《ゆえ》に、ピエェルに対する彼の尊敬の程が推せられるように思われた。

それから暫《しばら》くの間、私は、誰《た》そ彼時《がれどき》の夕明りの中で、この瘢痕満面《はんこんまんめん》の男の何時《いつ》果てるとも知れぬ話に耳を傾けていた。ギョオムの云うには、ピエェルの家に出入りすることの出来るのは、村では自分唯《ただ》一人であり、食事の買入その他の雑用は総《すべ》て自分が請け負っているとのことであった。又、村人等を口悪《くちあ》しく罵《ののし》っては、その都度私に向かって同意を求め、他方で、ピエェルの術は完《まった》き偽りの無きものであり、現に日々の暮らしは、それに因《よ》って得られた黄金《きん》を以て立てられているとも語った。

ギョオムの口吻《こうふん》には、実直さの節々に卑屈さが垣間見《かいまみ》え、猶且《なおかつ》私に対する牽制《けんせい》が隠蔽《いんぺい》し敢《あ》えず随所に現れていた。声は、喉《のど》の奥に毀《やぶ》れた牛皮でも貼《は》っているかのような通りの悪い嗄《しわが》れ声で、それが傍らを流れる澄んだ小川のせせらぎに混って、芥《あくた》の如《ごと》く滞りがちに耳に這入《はい》って来るのである。

山の端《は》に沈み遣《や》らぬ夕日は、ギョオムの面を照らし出し、その皹《ひび》割れた口唇《くちびる》の両《りよう》脇《わき》に細泡と成って溜《た》まった唾液《だえき》を、血を吸って朱《あか》く膨らんだ虱《しらみ》の群のように浮き立たせている。

その時、背後から突然、女の声が聞こえてきた。女は、ギョオムの婦《つま》であった。

「あんた、いい加減におしよ、またあの悪魔みたいな爺《じじい》の話をしておいでだね！あんなのに関わってたら、ろくなことにならないって、何遍云ったら解《わか》るのさ！早く戻って来て、たまにはジャンの面倒でも看たらどうだい。」

これを聞いたギョオムは俄《にわ》かに烈火の如く熱《いき》り立ち、

「喧《やかま》しい、この阿婆擦《あばずれ》め！　滅多なこと云うんじゃねェ！　見ろ、御坊様も困ってらっしゃるじゃねェか！　お前はとっととすっこんで、飯の準備でもしやがれ！」

と罵声《ばせい》を浴びせた。それから、私に気遣《きづか》うらしく、

「莫迦《ばか》な女で、……嗚呼《ああ》、まったく、何てお詫《わ》びをして好《よ》いのやら、……畜生、奴《あいつ》め、帰ったらただじゃおかねェからな、……嗚呼、まったく、とんでもねェ恥をかかせやがって、……いや、本当に、奴《あいつ》に代わってこの通りです、この通りです、

……」

と独り言ともつかぬ口調で、断りを述べた。私は大仰に頭《こうべ》を垂れるギョオムを尻眼《しりめ》に、振り返って声のする方を見遣《みや》った。

女は依然として、戸口の前に立っている。大柄で肉附きが好く、口唇が、熟れ過ぎて張り裂けた果実のように、だらしなく開いている。

それから、然《さ》して思う所も無く向直った私は、途中ふと眼に入《い》ったものに促されて、再度家の方を顧た。

棟《むね》の隣には、二本の大木が枝を広げていて、その間に、絶えず往復運動を繰返すものが在る。看れば、鞦韆《しゅうせん》に遊ぶ孤《ひと》りの少年である。

私はこれに、一瞬慄然《りつぜん》とした。少年は、能《あと》う限り大きく口を開いて声無く笑っている。髪は踊り、眼は瞶《みひら》かれ、頸《くび》には筋が浮いている。それらが、一向に欣《よろこ》びを湛《たた》えてはいないのである。啻《ただ》に欣びのみではない。凡《およ》そ、人間的な感情から奇妙に隔たった所で、唯笑顔だけが水月《すいげつ》のようにぽつんと浮かび、快活に煌《きら》めいているのである。

少年は、枝も折れむ許《ばか》りの勢いで、身を乗出し絶え間無く鞦韆を漕《こ》いでいる。前方に放《ほう》られた躰《からだ》は、虚《むな》しく戻され引き絞った矢のように後方に懸かる。復放《またはな》たれる。しかし、矢は決して到《とど》かない。その刹那《せつな》に必ず摑まれるようにして引き戻されてしまうのである。そして、復放たれる。戻る。放たれる。……

暫《しば》し眺めていた後に、私は耐え兼ねて眼を反らせた。この遊びが、永遠に続くならばと云う有り得ぬ想像が、私をして再度《ふたたび》股栗《こりつ》せしめたからである。向直れば、俯《うつむ》き加減にギョオムが立っていた。そして、口許《くちもと》を顫《ふる》わせながら、こう漏らした。

「……唖《おし》なんです。……」

□

舎《やど》に戻ると、一階の酒場には既にして多くの村人等が集《つど》っていた。

陽は早入り果て、窓より漏れる酣楽《かんらく》の明かりが辺りに滲《にじ》んでいる。

村人達は、私の姿を眼にするや、一斉に声を潜めた。正面の戸口より這入《はい》って自室に向かう道すがら、私はこの侮蔑《ぶべつ》の籠《こも》った沈黙に耐えねばならなかった。段梯《きざはし》に差し掛かった所で、漸《ようや》くひとりが口を開いた。

「よォ、御坊様、御坊様も時にはわしらと一緒に、酒でも飲んで、風呂《ふろ》にでもはいりましょうや。」

部屋の方々で失笑が洩《も》れた。男は応《いら》えを待つ風でもなく、更に語を継いだ。

「御坊様は、あの変人に逢《あ》う為《ため》に、わざわざこんな村にまで御出《おい》でなさったそうで。まったく、御苦労なことだよなァ、え、おい。」

男に促されて、別のひとりが声を上げ、更に幾人かの声が錯綜《さくそう》した。

「あのピエェルに逢って来たんだったら、ギョオムにも逢ったんじゃないのかい？」

「ギョオム？」

「誰だ、ギョオムって？」

「知らねェなァ。誰だ、ギョオムって？」

「ギョオムねェ。」

「とぼけるなって。」

「鍛冶《かじ》屋のギョオムだ。」

「いや、跛《ちんば》の青衣《あおごろも》だ！」

場内に哄笑《こうしよう》が勃《おこ》った。幾人かの者が、続いて「跛、跛、」「青衣、青衣、」と連呼した。これに併せて、机を叩《たた》く者が在る。床を踏鳴す者が在る。又、食器を打つ者も在る。

私は段梯《きざはし》の一段目に掛けた足を戻し、彼等を顧た。喧騒《けんそう》は已《や》まない。囂然《ごうぜん》たる騒ぎの中に、一際《ひときわ》声を荒らげてこう云《い》う者が在る。

「おいおい、御坊様にちゃんと説明して差上げねェと、きょとんとなさってるじゃねェか！」

すると、部屋の中央に居た男が卒然と立ち上って、

「ええ、青衣と云うのはですねェ、寝取られ夫《おっと》のことだと、旧約の詩篇の第百五十三篇に記されてあります。」

と応じた。一同は、復《また》腹を抱えて笑った。

「嘘吐《うそつ》け！」

「いいえ、聖アルヌウルに誓って、本当のことです。……」

次いで、この男は調子を変じ、ジャックの説教を模して、ギョオムに関する巷説《こうせつ》を縷々《るる》として語った。――そのあらましはこうである。生来不具であったギョオムは、久しく嫁を娶《めと》ること能《あた》わず、村の外れで鍛冶屋を営み暮らしを立てていた。或《あ》る日、村にジプシイ紛《まが》いのひとりの女が流れて来た。一体素性の知れぬ女で、大方娼婦《しょうふ》か何かであろうとの噂《うわさ》であったが、慥《たし》かなことは解《わか》らない。但《ただ》、何処《どこ》か凄《すご》いような魅力が有って、それ故《ゆえ》に村では忽《たちま》ちにして人皆の知る所となっていた。この女が何等《なんら》の事情を以《もっ》てのことか、幾許《いくばく》かを経て、ギョオムの下で暮らすようになったのである。無論、村人は一様に喫驚した。女は既にしてギョオムに嫁《か》したこととなっていた。しかし、彼等をして更に驚かしめたのは、女がそれから程経ぬうちに、今度は当地に来た許《ばか》りであった司祭のユスタスと姦《かん》したことである。これが即《すなわ》ち、ギョオムが青衣と呼ばれる所以《ゆえん》であった。女は後に児《こ》を孕《はら》んだが、産まれてみれば、唖《おし》で、猶且《なおかつ》白痴であった。これが、先刻鞦韆《しゅうせん》で遊んでいた少年、即ちジャンである。

――

こうした話を、滑稽《こっけい》に眼を睜《みひら》いて昂奮《こうふん》の態《てい》で語った男は、次のような詞《ことば》を以てその結びとした。

「ジャンは、あの飲んだくれのいんちき坊主《ぼうず》の児に違いありません。これも神の思《おぼ》し召しです。云わば、神罰です。アァメン。」

一同は喝采《かっさい》し、復哄堂《またこうどう》が勃《おこ》った。……

その夜、私は夢を見た。

旅の途上の、人気の無い一本道の彼方《かなた》から、黒い一群が向かって来る。見れば、癩者《らいしゃ》の行列である。

私は驟然《しゅうぜん》と歩みを止め、路傍《ろぼう》に立ってその先頭を行く女の顔を窺《うかが》った。微風に揺らいだ面紗《ヴェイル》の裾《すそ》から、艶《つや》やかな緋《ひ》色《いろ》の口唇《くちびる》が翻《こぼ》れている。膚《はだ》は皙《しろ》く澄んでいて、病《やまい》の痕《あと》は微塵《みじん》も見えない。——私は直《す》ぐに、それがギョオムの婦《つま》であることを認めた。それからふと、視線を転じた際に、彼等の手中に在る例の鐸鈴《ガラガラ》が、先程から少しも音を立てていないのに気が附いた。癩者達は、歩みを進める度に、各《おの》大仰《おお》にそれを振ってみせているのだから、これは頗《すこぶ》る奇とすべきことである。と、その刹那《せつな》に、彼等は私の傍らではたと足を止めた。そして、面紗の奥の顔を上げると、私に歩み寄って、眼前で鐸鈴を劇《はげ》しく揺《ゆす》り始めた。……しかし、不思議と音は鳴らない。苛《いら》立《だ》たし気に、更に劇《はげ》しく揺ってみせる。やはり、音は鳴らない。これを見て、件《くだん》の女はゆっくりと淫靡《いんび》に口許《くちもと》を歪《ゆが》めた。それを合図とするかの如《ごと》く、彼等は一斉に鐸鈴を頭上に掲げ、復一層劇しく揺り始めた。底より、内部で振れ続ける芯《しん》が見えた。梨《なし》の実のような形をした小さな芯である。右の壁を打ち、左の壁を打ち、更に復、右、左、復、右、左と、……それでも、やはり音は鳴らなかった。眺めるほどに、私はもの狂おしくなっていった。その運動は、私に迫って或る記憶の光景を引き出そうとしていたからである。

　それから逃れる為に、私は二三歩後に退《さ》がった。——それと同時に、背《せな》より私の肩を叩《たた》く者が在った。そして、耳許《みみもと》でこう呟《つぶや》くのが聞こえた。

「啞なんです。」

……夢は此処《ここ》で果てた。

□

翌日、私は思い掛けず、ジャック・ミカエリスの訪問を受けた。

ジャックは教会で説教を了《お》えた後に、他の者を町に返して、ひとり舎《やど》を訪れたらしい。徒然《つれづれ》に倦《う》んでいた私は、彼の申出《もうしで》に従って村の南西の丘へと赴いた。

蒼穹《そら》は頗《すこぶ》る晴渡っていた。丘の上からは村が一望せられ、その奇妙な状《かたち》も、村人の様子も、悉《ことごと》く私の小さな眸《ひとみ》に収まった。中には、此方《こちら》に向って恭《うやうや》しく挨拶《あいさつ》をする者も在る。彼等は皆ジャックの信望者であった。

草叢《くさむら》に腰を卸《おろ》して、我々は暫《しば》しくつろいだ会話をした。私は彼の導くが儘《まま》に道中の由無《よしな》しごとを語った。ジャックは又、自らの経歴を明《あきらか》にした。彼は私に長ずること十歳許《ばか》りで、韜留《トウウルウズ》大学を出て、今は維奄納《ヴィエンヌ》の修道院に身を置いているらしい。司牧の為《ため》に村を訪れるようになったのは、漸《ようや》く一年程前よりのことだと云う。

ジャックは、普段の説教その儘《まま》に頗る饒舌《じようぜつ》であった。一頻《ひとしき》り、自分の現在の生活に就いて語った後に、話頭を村のことへと転ずると、その口吻《こうふん》は、次第に乱れていった。就中《なかんずく》、村人の不信心に就いては、口を窮《きわ》めて不満の程を打明けた。

「……これでも、随分と善くなった方です。私が初めて村を訪れた時には、彌撒《ミサ》もまともに行われない有様でした。尤《もつと》も、今でも週に一度、それも三時課からやっと始められる彌撒が有るに過ぎませんが。……兎《と》に角《かく》、その頃は酷《ひど》い状態で、稀《まれ》に彌撒が有ったとしても、若い男女は出逢《であ》いを求めて教会に足を運ぶ始末でした。厳粛な聖体拝受の行われている途中で、私語を交し、逢引の約束をする者も在りました。……それも、あのユスタスと云《い》う司祭の堕落ぶりが、大きな原因を成しているのには間違い有りません。――看《み》て下さい。」

こう云って、ジャックは襤褸《らんる》を丸めて遊ぶ村の児《こ》等を指《ゆび》ざした。

「司祭があの調子ですから、村の子供は皆文盲です。偽信者《パアプラアル》と云う言葉が有りますが、あの男こそ、その名に相応《ふさわ》しい者です。……」

私はこれに一応は頷《うなず》いてみせながら、昨日村人達より聞き知ったギョオムの婦《つま》とユスタスとの話を、ぼんやりと想《おも》っていた。

ジャックは、更に続けて村人の悪習を数え上げると、憤懣《ふんまん》遣《や》る方無しと云った風でその一々を痛罵《つうば》した。聞くほどに私は、自分などよりもこの男の方が遥《はる》かに村人達を侮蔑《ぶべつ》しているのが知られて、驚きを禁ずるを得なかった。……如何《いか》にも、ジャックのそれは、偸閑《あからさま》な侮蔑であった。

――私は、何時《いつ》か知れず彼方《かなた》に眼を遣っていた。西から流れて来た雲が、ゆっくりと村の上空を横切っている。地は波に濡《ぬ》れ行く砂浜のように、その翳《かげ》に染まっていった。

……そして、視線の先には、――ジャンである。

唖《おし》の少年は、昨日と同様に劇《はげ》しく鞦韆《しゅうせん》に揺られている。その気色は窺《うかが》い知ること能《あた》わぬが、懼《おそ》らくは今も、音無く笑っているに違いない。

ギョオムは白痴とは云わなかった。所詮《しょせん》は、心無い村人等の中傷に過ぎぬやも知れぬのに、私にはそれが信ぜられた。が、憐憫《れんびん》の情は一向に起らなかった。私が抱いていたのは、寧《むし》ろ怯怖《きょうふ》であり、憚《はばか》らずに云えば、或《あ》る遣る方の無い憎悪《ぞうお》であった。

私には、無目的で無益なあの遊びが許し難かった。世界の中で、唯《ただ》あの一点だけが奇妙に秩序を逸脱し、有らゆる聯関《れんかん》から放たれて孤立しているように思われた。衣服を豸《むし》が喰ったように、秩序が毀《やぶ》れているように見えた。そして、悪は最早《もはや》、善との結び附きを離れて、宇宙の完全性から脱落してしまったのではと疑われた。それが、甚だ不愉快だったのである。

私は暗鬱《あんうつ》な思索に憑《つ》かれた。慥《たし》かに、ジャンの笑顔は、それを領するあの仄暗《ほのぐら》い口は、何か知ら不気味な異界に通ずる洞《ほら》のようなものにも思われ、又、その穴の彼方からは、神の創造を嘲弄《ちょうろう》する不快な声の谺《こだま》が絶えず響いているようにも思われる。私の為《な》さむとする有らゆる学問上の努力は、唯この一点が為に悉《ことごと》く不毛なものとせられ、終《つい》には水泡に帰せられるのではあるまいかと云う漠然とした予感すら在る。だが飜《ひるがえ》って、その暗い穴から撓垂《しなだ》れた、色の薄い奇妙に長い舌を想う時、私は存外、こうした不快の数々は、固《もと》より私の解決すべき問題に、本質として備わっているものなのではあるまいかと云う疑を抱く。異界は寧ろ、この世界の裡《うち》に、その最も深秘せられた所に存しているのではあるまいか。我々が日常、世界であると信じ、生き、解さむとしてきた所の皮相な層の下に、それよりも遥かに豊饒《ほうじょう》で複雑な層が、其処《そこ》に於《おい》てこそ神の創造の意図がより慥《たし》かに現れ得る所の巨大な層が横わっているのではあるまいか。——そして今、私にその今一つの層を垣間見《かいまみ》せてくれるのが、外でもなく、この少年なのではあるまいか。

如何にも、秩序はジャンに於て毀《やぶ》れ、損なわれているのかも知れない。しかし、我々が秩序と信じてきた所のものが、単にその皮相な層に於る秩序であるに過ぎなかったのであるならば、或いは、私の学問上の努力などと云うものが、それに対してのみ向けられてきたに過ぎなかったのであるならば、ジャンと云う少年は、神が我々にそれを知らしめむとして穿《うが》った、一点の小さな風穴なのではあるまいか。そして今、私は巨大な世界に開いた針の穴程の小さな隙《すき》から、初めてその別の層を発見したのではあるまいか。私は再度《ふたたび》ジャンの虚《むな》しい運動を想った。其処では、運動は決して成就《じょうじゅ》せず、目的も無く無限に繰り返されるに過ぎぬのかも知れない。或いは、運動の成就を須《ま》たずして、存在へと至る何等かの方法が在るのかも知れない。或いは、既にして其処は、……こう考えるうちに、私は復《また》、忽然《こつぜん》と懐疑に襲われた。そして、こうした思考が頗《すこぶ》る不愉快になった。――この世界の別の層。――私は、始めに自分を囚《とら》えた異界と云う奇妙な直感を怪しんだ。私がそれと見做《みな》していたものは一体何であろうか。地獄か。煉獄《れんごく》か。否《いな》、それらは畢竟《ひっきょう》神の懐《ふところ》の裡《うち》である。私が抱いていたのは、それらとは完《まった》く別の、抑《そもそも》神の創造の外に在るような世界のことである。宇宙の一なる統宰者に由来する普遍的な秩序を免《のが》れて、何か知ら殊《こと》なった秩序の下に服しているような、或いは、固より秩序自体を知らぬような世界のことである。この莫迦気《ばかげ》た空想から、私はこの世界の裡なる別の層と云う考えに至った。個別的な因《いん》の秩序を逸脱した果《か》が、奈何《いか》なる他の因へも還元せられることなく、普遍的な因の秩序から零《こぼ》れ落ちて、世界の底深くに層を成して沈殿している様を想像した。そして今、それに就いての虚しい思索に呑《の》まれむとしていた。しかし、この世界が殊なる二層に分れているなどと云うのは、抑《そもそも》私の恣意《しい》である。世界は創造の瞬間から、渾《すべ》てを堅く結び附け、窮極的には、独り神のみを目的として欲求しているに違いない。然《さ》れば、二層を成しているのは寧《むし》ろ私の認識そのものであり、穿たれた穴は、世界にではなく、私の睛《ひとみ》の裡にこそ存しているのではあるまいか。ジャンは、貫かれた世界の表層ではなく、神の放った一本の矢であり、而《しか》もその到かぬことを以て人を射むとする矢なのではあるまいか。……

こうした思いに耽《ふけ》る私に、少しく間の悪さを覚えたのか、ジャックは復《また》話頭を転じて、携えて来た一冊の書物を示した。表には『異端審問の実務』と著《しる》されており、その下にベルナアル・ギイと云う著者名が在った。

——この時を以《もっ》て、私は初めて、彼の異端審問官なることを知ったのである。

ジャックは、摩尼《マニ》教を含めたグノオシス派の異端に就いて、私の意見を求めた。私は稍《やや》躊躇《ためら》った後に、その核心となるべき部分を纔《わず》かに撫《な》でる程度に、思う所を二三述べた。ジャックは、これに満足しなかった。更に続けて、より具体的な質問をしたが、私はそれにも曖昧《あいまい》に応《いら》えただけであった。

彼は憮然《ぶぜん》として口を緘《かん》した。

程経て傍らに書を置くと、ジャックは魔女と呼ばれる者に就いて語り始めた。ジャックの言《こと》に拠《よ》れば、現在の異端審問は教義解釈に関するもののみならず、民衆の中に在って、悪魔と直接に淫《みだ》らな関係を結び、瀆神《とくしん》の儀式を執り行う者等をもその対象とすると云うのである。——因《ちな》みに、悪名高いインノケンティウス八世の魔女に関する回勅が発せられたのは、これより二年後の千四百八十四年九月五日のことである。

「昨年から、コンスタンツの司教管区では、大規模な魔女の異端審問が行なわれています。捕えられた数多くの者等は、勿論《もちろん》処刑せられていますが、……」

ジャックはこれに語を継いで、抑《そもそも》自分が魔女なるものに就いての智識《ちしき》を得るに至った経緯を述べた。固《もと》より異端審問の職に携わっていたジャックは、数年前に謁《えつ》したドミニコ会士のインスティトリスに因《よ》ってその蒙《もう》を啓《ひら》かれたらしい。ここに云うインスティトリスとは、懼《おそ》らく後に、ヤアコプ・シュプレンゲルと倶《とも》に『魔女の槌《つち》』を著すこととなるハインリヒ・クラアメルのことであろう。

次いでジャックは、魔女を刑に処することの正当性を、『出埃及記《エジプトき》』の「魔術を能《よ》くする女は、これを生かしておいてはならぬ」と云う言《こと》を引いて説明した。これは、その後も審問官等が繰返し口に上す詞《ことば》であった。異端の問題に関して、私は甚だ興味を有していたが、ジャックの云う魔女に就いては、俄《にわ》かにそれに信を置くこと能《あた》わなかった。ジャックの見解には、審問官の間に往々見受けられるような、或る種の狭隘《きょうあい》が在った。固陋《ころう》が在った。言葉と云うものが、本来理性の鞭杖《べんじょう》に因って鍛えられた、筋肉の如《ごと》くあるべきだとすれば、ジャックのそれは、感情に因って、その一部分のみに徒《いたずら》に脂肪の附いてしまったような、頗《すこぶ》る均衡を欠いたものであった。

私はやはり、空虚な相槌《あいづち》を打つより外無かった。

軈《やが》て、私の色を伺いながら、ジャックは云った。

「……ところで、貴方《あなた》が昨日お逢いになった、あの男はどうでしょうか？」

私はこれに忽然と不快を感じた。そして敢《あ》えて、

「あの男とは？」

と問い返した。無論、ジャックが誰を指して云っているのかは解《わか》っていた。

「ピエェル・デュファイのことです。……あの男は、」

「あの男は、」

私は刹那《せつな》にジャックの詞《ことば》を遮《さえぎ》り何かを云わむとした。――しかし、語は続かなかった。

「……あの男は、……」

その時私は、こう考えていた。即《すなわ》ち、ジャックが態々《わざわざ》舎を訪れ私を丘に誘ったのも、此処《ここ》でこれまでに費やした詞も、畢竟渾《ひっきょうすべ》てはこの一事を訊《き》き出す為であったのだろうと。それに就いて、内密に調査を進める為であったのだろうと。そして、私にはそれが如何にも狡猾《こうかつ》に感ぜられたのである。思慮無く詞《ことば》を発したのは、云わばこれに抗さむが為であった。

私はこの時、懼《おそ》らくはジャックの詞を遮《さえぎ》って、ピエェルに掛けられた嫌疑に対し、

何か知ら弁護を為す積《つもり》であったのだろう。しかし、それをせむとするに、仍《なお》私をして止《とど》まらしめるものがあった。

それが何であったのかは解らない。但《ただ》私には、里昂《リヨン》司教の云った、「勿論、慥《たし》かな信仰の持ち主です。」と云う詞のみが想い出されていた。司教は何故《なにゆえ》に、敢えてそう断ったのであろうか。それは、私が今ジャックに対して同じことを云わむと欲するのと相通ずる心境からではなかろうか。司教は私に明言し、それを以て自らを納得せしめたのであろう。私と司教との間に存する径庭《けいてい》は、私が猶《なお》それを為す一歩手前で躊躇《ちゅうちょ》していると云うことである。

稍《やや》在って、私は強いて口を開いた。永過ぎる沈黙が、私の手を離れて勝手な意味を有することを嫌ったからである。

「……あの男に就いては、私も未《ま》だ、能《よ》く解らないのです。……」

これはしかし、私が為には、存外偽りの無い詞《ことば》であった。

□

数日後、私は約束通りに再度《ふたたび》ピエェル・デュファイの許《もと》を訪れた。ピエェルはこの日も白化《アルベド》の作業を行っていたが、私の訪問を受けるやその手を休めて、書棚前の椅子《いす》へと腰を卸した。誘《いざな》われ、私もそれに続いた。刺すような薬品の臭《にお》いと、古書の放つ朽葉色の匂《にお》いとが、一瞬鼻を掠《かす》めた。

ピエェルは、やはり寡黙《かもく》であった。彼は、人と接するに緩頬《かんきょう》して相手の気を和ませむと努めるような江湖《こうこ》の人の習慣とは、固《もと》より無縁の人であった。愛想《あいそ》にも笑うことなどなく、この日も冷然として私に対峙《たいじ》したが、然《さ》りとてそれは、見る者の裡《うち》に不快の萌《きざ》す余地すら与えぬ程の、凜冽《りんれつ》たる様であった。私は改めて、その姿の立派なことを思った。

少しく落ち着くと、先日の周章狼狽《ろうばい》した不《ふ》手《て》際《ぎわ》な話し振りを反省しつつ、私は錬金術の理論に就いて微に入り細に渡り順を追って尋ねていった。ピエェルは始めにお前はトマス主義者なのかと慥《たし》かめたのの外は、自ら口を開くことなく、時折「成程」と頷《うなず》いては、訊《き》かれたことだけに短く応《いら》えた。この「成程」と云《い》う詞《ことば》は、ピエェルの口癖であった。私が問いを発すれば、先《ま》ずこう云って二三度頸《くび》を縦に振る。それから、少し間を置いて漸《ようや》く意見を述べるのである。私はこの「成程」と云う詞を何となく奥床しく聞いた。そして、それに続く返答の詞は、悉《ことごと》く私をして、室に入りて、以《もっ》て始《はじめ》て得られたるものとの感を惹起《じゃっき》せしめるのであった。

私と彼とは、話を進めるほどに多くの点で意見の一致を看《み》た。しかし、或《あ》る事柄に関しては、私は終《つい》にそれを理解するを得なかった。此処《ここ》にその煩瑣《はんさ》な哲学を論じ尽くす積《つもり》はない。但《ただ》、錬金術の理解の為《ため》には、それが些《いささ》か根本的なる問題を有している為に、私はその概略のみを誌《しる》して置こうと思う。

それはこう云うことである。

ピエェルは、有らゆる金属の裡《うち》に黄金の実体的形相の生ずる可能性を信じていた。この説の正邪は今は問わない。従って、金属は皆自然本性上、その窮極に至っては必《かならず》黄金たるべきなのである。ピエェルの続けて云うには、然りとて我々は、個々の金属の裡に直接に黄金の実体的形相を生ぜしめ、猶且《なおかつ》質料を径《ただ》ちに形相にまで至らしめることは不可能である。何故《なにゆえ》と云うに、その実体的形相は、聖トマスの指摘する通り、「太陽の熱に因《よ》って、鉱物的な力が強く働く特定の場所に於《おい》てこそ生ずる」からである。これを顧《かえりみ》ずに作業を行ったとしても、得る所のものは独り外的附帯性に於てのみ金に類似した、何か別のものの筈《はず》だと云うのである。

これを解決せむが為に、ピエェルは賢者の石なるものの創出の必要性を説くのである。

聖トマスが賢者の石に就いて言及しなかったことを批判しながら、ピエェルは再三に亘《わた》ってこれを強調した。前《さき》に書いた通り、錬金術の作業とは、この賢者の石を以てその終局の目的とするに外ならない。ピエェルがその為に採るのは、伝統的な硫黄―水銀理論である。

この理論は、アリストテレスの四元素理論が、亜拉毘亜《アラビア》を経由して我々の世界へと齎《もたら》される際に、奇妙に再解釈せられたものである。これに由《よ》れば、土、水、空気、火と云った従来の四元素は、哲学的硫黄と哲学的水銀と云う二つの原質に還元せられる。此処《ここ》に云う硫黄や水銀とは無論物質そのものではなく、云わば原理であり、土と火とが前者に、水と空気とが後者に対応する形で、互いに相容《あいい》れぬものとして対立している。更にその各《おのおの》には、不揮発性と揮発性、可燃性と昇華性、そして錬金術の用語に所謂《いわゆる》男性と女性などと云った反対の性質が付されている。二つの原質を、夫々《それぞれ》或る種の物質から抽出し、互いに結合せしめることに因って、石《レピス》と云う賢者の石の直接材料が得られるのである。この過程は屢《しばしば》「結婚」に譬《たと》えられる。そして、「結婚」に因《よ》って得られた石《レピス》を、一度《ひとたび》「殺生《さつしょう》」し、「腐敗」せしめた後に「復活」せしめる時、石《レピス》は賢者の石の実体的形相を獲得するらしい。この作業を繰返し進めることに因って、賢者の石が得られると云うのである。

ピエェルはその「結婚」に就いて語る際に、本質が熔け合うと云った、奇異なる詞《ことば》を用いた。しかも、熔《と》け合って成る所の新しい本質は、仍《なお》以前の本質を何等《なんら》損なうことなく矛盾した儘両《ままふた》つながらに保ち得ると云うのである。そして、「死」の後にこれが真に可能となるならば、有らゆる対立は一なる物質の裡に解消せられる。その時、この一なる物質には、完き存在そのものが、ありありと現れると云うのである。――

ピエェルの語る所は、此処《ここ》に至って頗《すこぶ》る韜晦《とうかい》に満ち、私はこれを、少しく自ら補って叙《じよ》した。憾《うら》むらくは、私の理解の不足が、その理論を誤って伝えることの虞《おそれ》を禁じ得ない。就中《なかんずく》、私が為に猶《なお》躊躇《ためら》われたのは、その最後の部分に就《つ》いて筆に上すことである。

ピエェルは、賢者の石に現れる所のものを、終《つい》に存在と云うに止《とど》めた。しかし、これを以て何を意味しているのかは明《あきらか》であった。錬金術師は、この賢者の石を、即《すなわ》ち物質に顕現した存在そのものを手中に収め、それを肆《ほしいまま》に用いむとするのである。

この存在、敢《あ》えて云うならば純粋現実態に触れることに因って、物質中には黄金の実体的形相が生じ、質料は、忽《たちま》ち形相に至り、有らゆる金属は一時《いちどき》に黄金へと変性する。独り金属のみではない。ピエェルの言《こと》に従えば、凡《およ》そ、月下の被造物界に在るものは、悉《ことごと》その質料が形相と一致し、加之《しかのみならず》、欠如態から所有態への復帰だに可能とせられるのである。無論、人間とて例外ではない。眼癈《めしい》の者は、その睛《ひとみ》に光を灯《とも》し、聾者《ろうしや》は音を聴分け、癩病《らいやみ》は癒《い》やされる。賢者の石を以て万能の薬と称するも、斯様《かよう》な事情の故《ゆえ》にである。

――然《さ》りとて、これは正気の沙汰《さた》であろうか。

私は、何程ピエェルの理論に納得せられた所で、やはりそれを絶望的な試みと考えるより外無かった。この絶望は、理論上の誤謬《ごびゅう》に基くと云うよりも、寧《むし》ろ、行為自体の不遜《ふそん》な性質に由来するものであった。これは云わば、覬覦《きゆ》である。私は対話の途中で幾度かそのことに就《つ》いて問わむとした。そして、その都度それを為《な》すこと能《あた》わなかった。私の戸惑は、喩《たと》えば、比類無く美しい一幅《いっぷく》の邪神の像を眼にした者のそれであった。人は、聖母や天使を描いた絵に就《つ》いては、径《ただ》ちにそれを評し、その難点を数え上げることが出来るであろう。天使の翼は、その羽の一本々々までもが、もっと鮮やかに的皪《てきれき》と炫《かがや》いている筈《はず》である、とか、聖母の眸《ひとみ》は、斯《か》くも貧しくあってはならない、もっと慈悲深く、もっと豊かに描《えが》くべきである、などと云った具合に。それらの辞《ことば》が奈何に拙《つたな》いものであろうとも、兎《と》に角《かく》、何等かを語り得る筈である。しかし、この上も無く美事《みごと》な異教神の絵を見る時に、人は一体何と評し得るであろうか。慥《たし》かにそれは、怪《け》しからぬものであるには違いない。然りとて、完《まった》く否定してしまうには惜しい気もする。それには猶、或る得体の知れぬ抗し難い魅力が有るからである。そこで人は、具体的にその誤りを指摘せむと努めるであろう。そして、どう手を着けるべきか必ず途方に暮れる筈である。何故なら、その怪しかいいいらぬ一点を留保した儘《まま》では、畢竟《ひっきょう》彼は何事をも語ることは出来ぬからである。——

私は、詞《ことば》を失ってしまった。

ピエェルは色を変えずに立上がると、ゆっくりと錬金炉《アタノオル》の方に向かった。私は、その魁然《かいぜん》たる背《せな》に眼を向けながら、ふと、人の為に神に叛《そむ》いて火を偸《ぬす》み、永劫《えいごう》の責苦に耐え続けると云う堅忍不抜の異教の巨人のことを思い出した。

程経て、しかし、私は強いて口を開いた。

「貴方《あなた》の云われる賢者の石とは、……其処《そこ》に現れる所の存在とは、……つまりは、……」

その時、私の脳裡《のうり》をジャックの言《こと》が過《よぎ》った。

『あの男はどうでしょうか？』

——詞《ことば》は続かなかった。私は、何事も耳に入らなかったかの如《ごと》くに錬金炉の前に座したピエェルを、暫《しばら》く黙して目守《まも》っていた。そして、漸《ようよ》う心中の、不快に領せられてゆくのを感じていた。それは云わば、私自身の迷執に対する不快であった。私がピエェルに対して云わむと欲していたのは、纔《わず》かに一言である。しかし、その一言を云わむが為には、私はそれに絡《から》んだ幾本とも知れぬ迷執の鎖を、一つ一つ都《すべ》て解《ほど》いて断ち切らねばならなかった。その鎖は、或いはピエェルの人格に由来し、或いはその学説の有する魅力に由来していた。そして孰《いず》れにせよ、私は、云わば怯懦《きょうだ》から、それらの悉《ことごと》くをこの場で径《ただ》ちに処理せむと決断するを得なかったのである。ピエせむ方無く、私は携えて来た幾つかの書を束ねて、ピエェルに暇《いとま》を乞《こ》うた。ピエェルは、恰《あたか》も私の沈黙を総《すべ》て理解し尽くしているかの如く、同じく沈黙を以てこれに応えた。傍らを過ぎ戸口へと向かいながら、私は謐然《ひつぜん》とした室内に鳴る己の恟々《きょうきょう》たる跫音《あしおと》を聞いた。その幽《かす》かな響きに、自身の腑甲斐《ふがい》無さを思いながら。――

……それから私は、舎《やど》に戻る気にもならず、気が附けば当て所無く村の中を彷徨《ほうこう》していた。村人達の多くは男女を問わず外に出ていて、夫々《それぞれ》が何等かの労働に就いていた。思えば村に来てより、私が多少なりとも意識して、此処で暮す人々の生活そのものを観《み》むと努めたのは、この時が始てであった。

夕刻になると決まって酒場を訪れる男達は、今は皆一様に気色を曇らせ、窶《やつ》れたような冬麦を前にして立ち尽くしていた。私の姿を認めても、気にも留めずに作業を続けるか、情けないような溜息《ためいき》を吐《つ》いて、冷笑する位のものである。彼等は、昨年の冷害の記憶に怯《おび》えていた。この季節になっても、気温は一向に上がらない。実際、冬麦のみならず、作物はどれを看ても病的な作《なり》をしている。

里昂《リヨン》に居た間、同室の修道士が、村での托鉢《たくはつ》は遣切《やりき》れぬと切《しき》りに零《こぼ》していた。何故かと問えば、村人達は、襤褸《らんる》を纏《まと》って托鉢をする我々の姿に、清貧ではなく怠惰《たいだ》を察《み》るからであると答えた。この修道士が続けて云うには、

「私は何度も、罵声《ばせい》を浴びました。彼等は、物乞いをする位なら、お前たちも畑を耕すなりして、働くべきだと云うのです。別段、私は罵《のの》しられるのが嫌だと云うのではありません。但《ただ》、彼等の云うことが尤《もっと》もだと思えてならぬからこそ辛《つら》いのです。事実、昨年は酷《ひど》い冷害で、村ではろくに食物も無い有様でした。そんな村人達から、どうして施しを受けることが出来ましょう？　一体、私たちは何時《いつ》からこうなってしまったのでしょうか？　こんな修道院生活を、聖ドミニクスが御望みになっていたのでしょうか？」

――私は托鉢はせぬが、彼の心中は推せられた。私が今、この村の人々を前にして覚える若干《そこばく》の忸怩《じくじ》たる思いも、或いは同様の無力感に因《よ》っているのかも知れない。彼等の貧困の程度は、その継当《つぎあて》だらけの汚れた上着《コット》からも容易に察せられる。村人は既に久しく大地の不毛に苛立《いらだ》っている。が、憎しみが直接それへと向けられる

ことはない。人々の不満の向けられるのは、寧《むし》ろ天である。私は幾度か、村の女達が、天の「腰弱」を罵《ののし》る奇妙な光景を眼にした。そして、大地は云わばその犠牲者として憫《あわ》れまれているのである。それは、男達が為にも同様であった。圃畦《ほけい》に立つ彼等の昊《そら》へと向ける眼差《まなざし》には、慥《たし》かに軽侮の色が存している。そして、その不遇な大地との交りに於ては、寧ろ何か知ら濃密な秘密が隠されているかのようであった。彼等の労働は、その為に、或る云わむ方の無い迫力を以て私を撲《う》つのである。私の村人達への思いは、少しく嫉妬《しっと》に似ていた。

これには、彼等の間に殆《ほとん》ど貧富の差が存しておらず、それ故に労働が等しく共有せられていたと云う事実も手伝っていた。村の土地は、大半が周辺都市の富裕市民に買取られているらしく、私は一領主に因《よ》る包括的な支配と云ったものを此処《ここ》では殆ど感ずることが無かった。私のこの村に就いての印象が、何時でも記憶の巨川《こせん》の中に、偶然顔を覗《のぞ》かせた岩礁《がんしょう》の如く孤立しているのは、或いはこれが為であるかも知れない。

――然れば、教区司祭に就いてはどうであろうか。私は実際、此処幾日か、あのユスタスと云う司祭のことを考えていた。ユスタスは、成程初めの印象に違《たが》わず、月並な堕落した司祭に過ぎなかった。村人は皆この男を信ずること無く、一方でユスタスも、彼等を侮蔑《ぶべつ》して憚《はばか》らなかった。僧院には、予《かね》て二三の女が出入りしており、彼等は其処で終日淫佚《いんいつ》に耽《ふけ》っているらしい。彼を訪《と》うた際に私が出会した女達も、或いはこうした者等であったかも知れない。撞鐘《とうしょう》を始めとして、公事の多くは助祭が代って行っていると云う。ギョオムの婦《つま》に関するものは云うに及ばず、その外にもユスタスに纏《まつ》わる巷説《こうせつ》は枚挙に暇《いとま》が無い。酩酊《めいてい》は決して彼を去ることなく、村には、「あれだけ葡萄酒《ぶどうしゅ》をたらふく飲んでいれば、きっとユスタスの血は基督《キリスト》様の血と変る所がないだろう。」などと云う不謹慎な饒談《じょうだん》さえ氾《ひろ》まっている。成程、ユスタスの堕落は月並ではある。しかし、私が為には、その月並であることこそが、却《かえ》って疑わしくも思われる。それは、私が彼の姿に或る種の衰弱を認めるからである。そしてその衰弱は、嘗《かつ》ての放恣《ほうし》な生命力の残滓《ざんし》と、その将来に於《お》ける蘇《そ》生《せい》の予兆とを暗示せずには置かぬからである。酩酊は去らず、然りとて彼を狂痴へと導く力も有してはいない。秘めやかな淫佚《いんいつ》も、狂躁《きょうそう》の熱狂からは程遠い。加うるに、初めに私の心を惹《ひ》いた聖堂の祭壇でさえも、それを設《しつら》えたのがユスタスであると聞き知ってからは、その卑俗な凡庸さ許《ばか》りが眼に附いて最早《もはや》愛するを得なくなった。私は彼の生活を弁護する積は毛頭無い。にも拘《かかわ》らず、私が仍《なお》ユスタスの衰弱に興味を持つのは、それが、如何《いか》にも我々に親しいものであるかの如く想《おも》われるからである。彼の衰弱は、啻《ただ》に聖職者たるべき男が信仰に蒙《くら》い民衆の生活へと墜《お》ちてしまったと云うのみであろうか。どうもそうは想われない。それは、少なくとも私が為には、より甚だしい堕落から月並な堕落へと衰弱してしまったかに見える。尚《なお》精確に記するならば、或る本質的な堕落から周辺的な堕落へと衰弱してしまったかに見える。そして、それが私には、極《ごく》近い過去にユスタス個人に於て起ったことではなく、遥《はる》か以前より、我々総ての者に於て起っていることのように想えてならぬのである。恰もさかしまの堕罪であるかの如く。……私は己が邪推を疑った。何故と云うに、この刹那《せつな》、私の思考は理性の枷《かせ》を離れて、ユスタスの堕落を最も敬虔《けいけん》な修道院生活を送る僧侶《そうりょ》の姿に結ばむとしたからである。——

橋を渡ると、女が声を掛けてきた。既にして村には、私がジャックと懇意であるとの風説が流布《るふ》せられており、私も亦《また》人々のジャックに対する信頼の、四半分程度は担《にな》わねばならなくなっていた。事実この女も、ジャックの説教に因《よ》って回心した者の一人であった。

女は私に懺悔《ざんげ》の聴聞《ちょうもん》を求めた。村の中で、私は処《ところ》を選ばず屢《しばしば》こうした者に出会《でくわ》すことがある。これは、村にジャックの流儀の浸透した結果であった。ジャックは村人達に、何時如何なる場所に在っても、犯した罪を告白するようにと勧めていたからである。常のように、私は黙ってこれを諾《だく》し、聴き畢《おわ》ると、福音の詞《ことば》を二三授けて女と別れた。告白の中身は埒《らち》も無いものであったが、それを悔いむとする女の真摯《しんし》な表情が、怪しく鮮明に私の心を領《りょう》していた。

そして、私は復《また》ピエェルのことを思った。——一体私は、単純な尊敬の念より、懼《おそ》るべき異端に対して盲目になっているのであろうか。……

こうした疑念に、己が胸裡《きょうり》に膨らむ迷いを幾度も閲《けみ》した。如何にも、里昂《リヨン》司教の云《い》う通り、ピエェルは信仰を有していた。彼は神の創造の偉大さを認め、この世界の歴然たる秩序を信じている。それは外でもなく、彼の窮《きわ》めむとする自然学の第一の前提である。私が彼の異端の疑に対するに、猶断乎《だんこ》たる態度を以《もっ》てするを躊躇《ためら》うのは、固《もと》よりこれが為であり、これに由って語られる所の錬金術の理論に、若干《そこばく》の魅力を覚える為である。そして、敢えて云うならば、其処にジャンを眼にした時より私を捕えて放さぬ、神の創造の全的な認識の可能性を示唆《しさ》せられたように感じた為である。私を悩ませて已《や》まぬその問題の解決が、錬金術の晦渋《かいじゅう》な森の奥深くにこそ秘せられているのではと疑われた為である。

しかし、啻《ただ》にそれのみではない。私はやはり、その孤峭《こしょう》の性を嘆じている。その超然たる態度を嘆じている。抑《そもそも》ピエェルには、或《あ》る不思議に異教徒的な雰囲気が在る。それは何であろうか。独り彼の為さむとする所にのみ負うているものなのであろうか。私が魅せられたのは、云うなればその尊大さである。しかし、私が懼《おそ》れるのも亦《また》、その同じ尊大さである。其処《そこ》には、私と彼との間に存する或る根本的な懸隔が認められるからである。

……舎へと戻りながら、私はふと、里昂《リヨン》で司教より借受け、旅立ち前に一読した『ヘルメス選集』の中の一説を思い出した。

「……そこで敢えて云おう、地上の人間は死すべき神であり、天界の神は、不死なる人間である、と。」

私は、斯様《かよう》な詞《ことば》がピエェルとの間に奈何《いか》なる聯絡《れんらく》を有するかは知らない。しかし、私がピエェルより得る所の驚愕《きょうがく》は、これが人をして感ぜしめる所と、存外違うものではなかったであろう。

□

その日から、私は屢《しばしば》ピエェルが居に往来した。

ピエェルは、私の訪問を厭《いと》わず、然《さ》りとて歓迎する風《ふう》でもなく、只《ただ》書棚に並べられた許多《あまた》の書物を肆《ほしいまま》に閲《けみ》するを許していた。蔵書の多くは写本であり、筆写は大アルベルトゥスのそれの如《ごと》き、端正で細かな文字を以《もっ》て為《な》されていた。私が為《ため》に取《とり》分《わけ》興味深く思われたのは、それらの頁《ページ》の余白に書き込まれた注釈の類《たぐい》である。その片々たる記述の群は、自然学に就いてのピエェルの理解が、奈何《いか》に深く精確であるかと云《い》うことの一つの証左であった。

私はそれに、新たな学問上の発見をすることさえあった。――とは云え、私の裡《うち》なる迷罔《めいもう》は猶《なお》一向に晴れることを知らなかった。

私は、或《あ》る呪縛《じゆばく》に擒《とら》えられていた。これを説明せむとするに、私は頗《すこぶ》る困難を覚える。強いて云うならば、呪縛とは即《すなわ》ちピエェル・デュファイそのものであった。私は、ピエェルの家へと赴き、その傍らに在って書物に眼を通している間、彼の試みむとする所の作業が、疑うべくもない正当なものであるとの感を禁じ得なかった。しかし、一度《ひとたび》その居を離れて沈思するに、私の裡には、漸《ようよ》う敢《あ》えてこれに疑を挿《はさ》まむとする不安が萌《きざ》すのである。——それは無論、異端に対する不安であった。

私は、ピエェルの合理的精神を疑わなかった。彼の誌《しる》す所は、少なくとも一般の自然学に関する限り殆《ほとん》ど常に明晰《めいせき》であり、連綿たる実験の記録は詳細に渡り、その論攷《ろんこう》は炯眼《けいがん》の洞察に富んでいた。これは、巴黎《パリ》で呆《あき》れた愚説を弄《ろう》ずる多くの者等と交っていた私が為には、頗《すこぶ》る驚くべきことであった。しかし、神の秩序を解さむとするこの冷静な理性が、賢者の石と云う巨大な観念に対峙《たいじ》した途端、悉《ことごと》くその裡に呑《の》み込まれ熔《と》かし込まれてしまうことの不思議が、私には何としても理解出来なかった。これを思う度に、私は慄然《りつぜん》とした。何故《なにゆえ》と云うに、そのことの理由は解する能《あた》わずとも、私はそれを知らぬ間に自ら実感していたからである。

既にして幾度《いくたび》か、私は賢者の石の生成の可能性を駁《ばく》すべく、理論の構築を試みていた。しかし、終《つい》にその具体的な方法を講ずるにだに及ばなかった。奈何《いか》なる充実の時間に在っても、私はこの為事《しごと》に着手するやいなや、俄《にわ》かに或る虚《むな》しさに囚《とらわ》れるのである。そして、試みに幾つかの理論を立ててはみても、少しく時を経てそれらを検証すれば、必ずその無力に失望せしめられ、斯様《かよう》な企ては、固《もと》より不可能であったかの如く感ぜしめられるのである。成程、賢者の石が私の考える通りのものであるとすれば、私は殆ど奈何《いか》なる言葉を以てしてもこれを駁《ばく》することを得るであろう。にも拘《かかわ》らず、それが一向に儘《まま》ならない。言葉が其処《そこ》では、甚だ無力である。私が賢者の石と云う観念に触れむとするは、猶杓《ひさご》を以て火口の縁より熔岩《ようがん》を酌《く》まむとするかの如きであり、近附くだに能《あた》わず、達《とど》かず、其処に至れば即ち言葉は悉《ことごと》く燃え尽きてしまうのであった。

私は寡黙《かもく》たらざるを得なかった。能う限り慎重に詞《ことば》を択《えら》び、学問上の不明な点も、煩《はん》を厭わず自ら書の裡《うち》に答を求めた。私は何よりも、彼と論じ尽くすことを惧《おそ》れていた。その説の異端であるか否《いな》かを決するを惧れていた。熱烈たる護教家たりし、彼《か》の聖ドミニクスの修道会士たる私は。……

――が、こうした交りは、他方で私に彼の日常を窺《うかが》わせるを許していた。

ピエェル・デュファイの生活は、頗《すこぶ》る意識的に律せられたものであった。それは、朝起きて直《す》ぐの祈禱《きとう》に始まり、次いで盥嗽《かんそう》し、一本だに残すことなく髭《ひげ》を剃《そ》り、作業を行い、正しく九時課の時間に正餐《せいさん》を採り、復《また》作業を行い、これを了《お》えて夕餉《ゆうげ》を採り、更に文献の研究に就いた後に、最後の祈禱《きとう》をして、藁《わら》を積んだだけの粗末な寝床に服を着た儘《まま》横になるまで、殆ど星の運行にも譬《たと》えられるべき精確さを以て繰返されていた。食事は、日に午《ひる》と夕との二度だけ採った。内容は、大麦や鴉麦《からすむぎ》の粗末な黒麵麭《パン》と空豆や豌豆《えんどう》とを中心としたもので、肉は一切含まず、香辛料も用いなかった。これらは皆、ギョオムが買い求めて調理したもので、総《すべ》てを委《ゆだ》ねる代わりに、ピエェルは誤魔化された費用を不問に附しているらしかった。

私は一度だけ、ピエェルと正餐を倶《とも》にしたことがある。それがどう云う経緯であったのかは記憶しない。が、二人分の皿を準備しながら、ギョオムが然《さ》も訝《いぶか》し気に私を見上げていたことが印象に残っている。ピエェルは、食事の際には殊《こと》に厳しく人を遠ざけ、その食卓に就くを許さなかった。それは、ギョオムとて例外ではなかったのである。

作業を離れたこうした時に在っても、ピエェルの立振舞いには一向に変わる所が無かった。就中《なかんずく》ものを食べると云う行為に、彼は、窮《きわ》めて重要な意義を与えているらしかった。それは、食前の祈り《ベネディキテ》の敬虔《けいけん》さからも、食中の沈黙からも窺《うかが》うことが出来る。総ての動作が、甚だゆっくりと時間を掛けて為され、音一つ立てること無く進められてゆく。其処には、長い断食を了《お》えた人が、その最初の食事を口にせむとする時のような、畏《おそ》れにも似た静謐《せいひつ》と眼前の食物との真摯《しんし》な交りとが見えていた。生理的欲求は厳格に管理せられていた。然りとてそれは、貶《おとし》められ、抑圧せられていると云うのではなく、儀式的な型を付与せられることに因《よ》って、人に相応《ふさわ》しく高められていると云った風であった。この時食物は、ピエェルの為には慥《たし》かに外的で異質のものでありながら、猶体内に入るより以前に、早く既に同質性を獲得しているかのように見えるのである。これは、ピエェルが錬金炉に向かう時に、最も能《よ》く見られる所の、外界との不思議に充実した一体性の顕現であった。

この、一度きり倶《とも》に過ごした正餐の後に、ピエェルが何時《いつ》になく自ら口を開いたのを覚えている。話の中身は、金属の質料中に奈何《いか》にして黄金の実体的形相が生ずるかと云う問題に関してであった。それを詳《つまびらか》に記憶せぬことを私は憾《うらみ》とする。しかし、私が為に取分《とりわけ》慥《たし》かに思い出されるのは、ピエェルが自身に就いて語った一つの逸話である。これは、私が彼の過去に就いて知り得た、殆ど唯一《ゆいいつ》の事柄であると云っても好《よ》い。

若年の頃、ピエェルは賢者の石の秘密を識《し》るべく諸国を遍歴していたらしい。或る時彼は里昂《リヨン》近郊の鉱山で監督の職に就いていた。此処《ここ》で過ごしたのは纔《わず》かに数年であったが、実際に日毎《ひごと》足を運んだ坑道の中で、ピエェルは錬金術の理論に係る幾つかの重大な発見をしたらしい。そして、物質に於る黄金の実体的形相の発生に関する確信を得たのもこの時であったと云うのである。

――私が聞き知ったのは、たったこれだけのことである。しかしその故《ゆえ》に、私のピエェルへの疑問は、以後、悉《ことごと》く此処にその源を求めむとするようになった。例えば、未《いま》だ私の信ずること能わざる彼の生活の費用の如きも、その一つである。そして就中、後に看《み》る所の彼の不可思議な行動に於ても、私はそれを解さむと、此処にアリアドネの糸を求めるのであった。

□

私がピエェル・デュファイを訪《と》うのは、殆《ほとん》ど何時《いつ》も午前の中《うち》か、正餐《せいさん》を了《お》えた日《にっ》昃《そく》の頃である。これは一つには、誰《た》そ彼《がれ》時になるとピエェルが多く家を空ける為《ため》であった。

その居に通い始めた頃、私はこれを何等《なんら》気に留めてはいなかった。家を訪ね、居なければ偶然のことと思うまでである。しかし、幾許《いくばく》かの時を閲《けみ》するうちに、私はこのことを不思議に思うようになっていた。と云《い》うのも、上に記したようなピエェルの厳しく律せられた生活の中で、この外出だけが殆《ほとん》ど情の赴く儘《まま》に何時でも不規則に行われていたからである。或《あ》る夕刻のこと、丁度初めて逢《あ》った日と同じように、私は森の中から戻って来るピエェルに出会《でくわ》した。私が愕《おどろ》きを禁じ得なかったのは、ピエェルの面《おもて》に、嘗《かつ》て看《み》なかった程の憔悴《しょうすい》がありありと現れていたことである。私は覚えずそのことを問うた。しかし、ピエェルは応《いら》えなかった。更に語を継ぎ、私は何故《なにゆえ》に森に這入《はい》ったのかと云うことを問うた。常ならず、敢《あ》えてこうした慎みを欠いた質問をも為《な》したのは、この時既に、彼の夕刻の外出に就いて幾つかの埒《らち》も無い詮索《せんさく》を巡らせ、平生心を惑わせていたからである。加之《しかのみならず》、この森には悪魔の往来があるとの噂《うわさ》が聞かれ、村人達は他の入会地とは違い、絶えて此処《ここ》には近附かなかったからである。ピエェルが、これを知らぬとは想《おも》われなかった。知りながら、猶《なお》森に這入らねばならぬ理由を私は識《し》らむと欲したのである。

彼は、やはり色を変えずに黙っていた。そして、程経た後に、唯《ただ》一言、「第一質料の為だ。」と応じ、私を残して家の扉を閉ざしてしまった。——

私は姑《しばら》くの間、これに一応の満足を得ていた。此処《ここ》に云う第一質料とは、アリストテレスのそれとは多少異なる、錬金術に独特の意味を有するもので、ピエェルの言《こと》に屢《しばしば》聞かれるものであった。ピエェルは、これが広く至る所に遍在《へんざい》すると説いていた。それ故《ゆえ》私は、森に赴くのも、その探求の為であろうと考えたのである。

しかし、私の裡《うち》には再度《ふたたび》疑が萌《きざ》してきた。斯様《かよう》な理由は、外出そのものを説明しても、ピエェルが何の計画もなくそれを為すことに就いては、一向に語らぬからである。加えて、仮にこれが事実であったとしても、是非とも夕刻でなければならぬとは考えられなかったし、何よりも今行っている作業が畢《おわ》らぬうちから、次の第一質料を求めむとすると云うことが、私には如何《いか》にもピエェルに相応《ふさわ》しからぬことと思われたからである。……

——私がその真相を識るに至るまでには、凡《およ》そ以上の如《ごと》き経緯が在ったのである。

さて、或る日のことである。

その日はピエェルを訪ねる積《つもり》もなく、私は午後の時を自室の裡《うち》にて過ごしていたが、思いの外早く書を読み了《お》えた為に、今一冊を借りむと夕さりつ方より舎《やど》を跡にした。

昊《そら》を流れる、剝《は》げ落ちた樹皮のような雲を映じて、小川の水面《みなも》が、落霞《らくか》に妖《あや》しく赫《かがや》いていた。日は未《いま》だ沈み遣《や》らぬが、既にして残雪の如き月が懸かっている。西の昊には金星も見えている。

橋の先のギョオムが家の庭では、ジャンが常の遊戯に耽《ふけ》っていた。縄に軋《きし》む条枝が卑《いや》しく嘲笑《ちょうしょう》する下で、少年の面《おもて》は、この日も音のせぬ暗い穴と其処《そこ》から突き出した長い舌とに領せられている。背後に茨《いばら》の茂みが見え、幾本かの林檎《りんご》の木が見える。

私はふと、傍らに立つ女に眼を向けた。女は、時折足下の鳩《はと》に餌《えさ》を与えながら、憎《ぞう》悪《お》の籠《こも》った冷淡な視線を少年に瀉《そそ》いでいる。村人の云うに違《たが》わず、眉間《みけん》の広い美しい顔をしている。が、その美しさそのものが何処《どこ》かだらしない。それは或いは、長衣《ソクニィユ》の大きく開いた胸元が、私が為には、肉欲の発露を暗示しているが如く想われた為かも知れない。私は、女の厚い口唇《くちびる》に眼を止めて、先日見た夢のことを思い出した。そして、俄《にわ》かに不快になった。

足早にその家の前を立去ると、私はピエェルの許《もと》へと急いだ。暫《しばら》く行くと、丁度家を出て森へと向かう彼の後ろ姿が見えた。私は声を掛けむとした。そして、少し思案した後にそれを已《や》め、気附かれぬように跡を辿《たど》ることとした。こうした所業が恥ずべきことであるとは十分解《わか》っていながら、私は最早《もはや》それに及ぶを禁じ得なかった。取分《とりわけ》、この時の私を駆り立てたのは、私の肉を血のように迅速に巡った或る濃密な予感であった。

ピエェルは、棟《むね》の裏から森に入《い》ると、時折周囲に気を配りながら、南東の方角へ向かって歩き始めた。私は、少しく距離を置いて跡を追った。常より幾度となく踏《ふみ》締《し》められている為か、足元には一条の行蹊《こうけい》が出来ている。右手に灯《とも》る幽《かす》かな蠟燭《ろうそく》の焰《ほのお》を頼りに、ピエェルは、それを辿《たど》って行くのである。

森の中は既にして薄い闇《やみ》に閉ざされていた。私の姿が見附からなかったのも、懼《おそ》らくはその為であろう。蟬《せみ》が啼《な》き、禽《とり》が鳴いていた。その音の響くほどに辺りの静けさが感ぜられる。頭上は厚く条枝に覆《おお》われており、稀《まれ》にそこから木の葉や虫豸《ちゅうち》の類《たぐい》が降り懸《かか》って来る。又、蜂《はち》とも虻《あぶ》ともつかぬものが何処からともなく飛んで来ることもある。私は、成程此処《ここ》ならば、悪魔がその姿を現すと噂せられるも故無きことではあるまいなどと考えていた。と同時に、嘗《かつ》てこの森に大火の幻を見たことを思い出した。すると、存外平気で足を踏み入れたのが、俄かに不安になってきた。心成しか、頰に熱を感じたように思った。

――私は要するに、焼《く》べられたばかりの薪《まき》と云うことか。……この時、前方の燭《しょく》華《か》を見遣って、その華弁が散らむとするのに、思わず声が洩《も》れ掛けた。火は少しうねっただけであった。

私は背に汗を感じた。これは独り歩行の為のみではなかった。流れる汗に、私は何か知ら魔的な質を想った。溢《あふ》れ出し、背筋を伝わるその跡が、黒ずんだ鋭利な爪《つめ》を以《もつ》て引かれた一条の創傷のように感ぜられたからである。

森の気は、既にして何者かが吐き出した後のものであるかの如く、私が為には頗《すこぶ》る息苦しかった。瘴気《しょうき》とでも云うべきであろうか。息をする度に、身中が冒されゆくような不快を感じた。……私は無論、引返すことも考えた。しかし、その都度表現に難い或る不気味な力に促されて、猶《なお》しも前へと進まざるを得ぬのであった。

暫《しばら》く行くと、ピエェルが川を渡る音が聴こえてきた。この川は、村を二分する件《くだん》の流渠《りゅうきょ》であるには違いないが、より厳密に云えばその支流であり、森の出口附近で本流と一つになるのである。これは、後に知りたる所である。私は音を立てぬように注意しながら、どうにかそれを渡りきった。水に浸ったのは脛《すね》の中程までに過ぎなかったが、その時節に外れた冷冽《れいれつ》さは、遍《あまね》く全身を浄《きよ》めるかのように思われた。

奥へ行くにつれ、闇は濃くなっていった。奈何許《いかばか》り進んだのかは解らない。振り返っても、暗がりの裡《うち》には、格子《こうし》の如く樹木の聯《つら》なるのみである。軈《やが》て灯《ともしび》は石灰岩の壁の前に止まった。これは、村より東の一帯に見えていた険峻《けんしゅん》な峰巒《ほうらん》の麓《ふもと》に丁《あた》るのであろう。ピエェルは、此処《ここ》で復《また》幾度も頭《こうべ》を巡らせて、周囲を確認した。次いで、その右手が挙がった。燭《しょく》が照らし出したのは、岩壁に開いた洞窟《どうくつ》の口である。裂傷の如く、縦に細長く菱形《ひしがた》に開いた穴は、辛うじて人がひとり通れる程の幅であり、その周りが絡《から》み合う蔦《つた》に因《よ》って隈《くま》無く覆《おお》われている。内部は又別の闇が閉ざしており、刮目《かつもく》するに奥へ行く程穴が狭くなっているように見える。

ピエェルは、蠟燭を長い新しいものに取替えた。そして、懐《ふところ》から残りの蠟燭と付木とを取出し、それらを慥《たし》かめると、火を前方に掲げて洞門を潜《くぐ》った。

私は身を隠していた大木の陰から出て、その行方を眼で追った。そして、此処で今一度逡巡《しゅんじゅん》した。ピエェルが跡を追わむとする意には変りはなかった。しかし、洞門の奥の闇が、私をして猶《なお》此処《ここ》に止《とど》まらしめたのである。怯怖《きょうふ》であるには違いなかった。しかし、それは啻《ただ》に、未知の闇への不安にのみ由《よ》るのではなく、寧《むし》ろ其処《そこ》に備わった何か優しく私を誘うような力の、云うなれば或るゆかしさの持つ不気味さに由るものであった。それから逃れむとするほどに、私は一層その奥へと下《くだ》って行かむとする欲望を募らせていった。

そして、終《つい》にそれに抗し敢えなかった。

彼方《かなた》に小さくなってゆく火を、私は何故か知ら懐《なつ》かしく思った。そして、夢中でその跡を追った。唯追った。私は、眩暈《めまい》の裡に闇と焰とが遥《はる》かに霞《かす》んでゆき、それが私を包むようにして迫りながら、尚遠芳《なおえんぼう》の如くに逃れむとするのを眺めていた。

……そして、それに向けて覚えず足を進めていたのだった。

□

――程経て、私の意識は多少慥《たし》かになった。

洞窟《どうくつ》の内部は、湿潤にして寒冷であった。

私は長い鬱紆《うつう》たる狭路を抜け、天井の高い、道幅の広い場所に出た。ピエェルの姿を見失ってはいなかった。これに私は少しく安堵《あんど》した。既にして入口は遥《はる》かに遠く、此処《ここ》からは、顧《かえりみ》てもその翳《かげ》だに見ることが出来ない。外界の光は絶えて届かず、洞内に灯《とも》るのは、独り彼の掲げる幽《かす》かな燭《しょく》の明かりのみである。周りの様子は、纔《わず》かにこれが照らし出す所を以《もっ》て知られる。前方には、沍《い》て附いた瀑布《ばくふ》の如《ごと》き岩壁が見える。頭上で一度《ひとたび》大きくうねった後に、猛然と、一挙に地へと流れ込まむとするかのようなその様は、本来の、遅緩《ちかん》たる形成の時間を廃して、或《あ》る瞬間的な形象の成就《じょうじゅ》を想《おも》わせる。轟音《ごうおん》は流れの裡《うち》に呑《の》まれ、流れは亦象牙《またぞうげ》色《いろ》をした潤《うるお》った岩の沈黙に封ぜられて、その下で打顫《うちふる》えているかのようである。この岩壁を左右に等しく配して、中央には唯闇《ただやみ》の存する許《ばか》りである。杳《よう》として先は知れない。その一方で、私が許《もと》にも光は殆《ほとん》ど及ばない。剰《あまつさ》え、石筍《せきじゅん》の隆起を須《ま》って俄《にわ》かに足下の起伏が激しくなり、私は幾度《いくたび》も地に両手を着かねばならなかった。

奇とすべきは、私はこの時、明かりを求めむと可成不用意にピエェルに近附いており、猶且《なおかつ》石に躓《つまず》き、洞内にその音《ね》を響かせることも度々であったにも拘《かかわ》らず、ピエェルが、終《つい》に後ろを振り返らなかったことである。

私には、ピエェルがその都《すべ》てに気附かなかったとは考えられない。然《さ》りとて、気附いていながら、敢《あ》えて気附かぬ風をせねばならなかったとも思われない。一体、これはどう云うことであろうか。

気附かなかったのであろうか。或いは私と同様に、ピエェルも亦、或る抗し難い力に引き摺《ず》られるようにして、その先へ、更にその奥へと進まざるを得なかったのであろうか。……固《もと》より彼が、彼程《かほど》に人目を憚《はばか》り此処に至ったのである上は、気が附けば径《ただ》ちに私を遠ざけむとした筈《はず》である。――否《いや》、しかし、然程《さほど》に注意を払っていればこそ、やはり気附いていたと考える方が道理ではあるまいか。……気附いていたのか。気附いていながら、私を猶《なお》偶然に其処へと導かむが為に、敢えて振り返り、声を掛けることをしなかったのであろうか。……

そして孰《いず》れにせよ、私は慥《たし》かに其処に導かれたのであった。

此処まで私は、前後を覚えず、唯ピエェルの行くが儘《まま》に歩みを進めていたが、それでも漸《ようよ》う地下深くに沈み行くことだけは解《わか》っていた。径《みち》は常に下へと向かっており、それと併せて、中途に二三尺《ピエ》程の段差が幾つも在った。私の息は少しく荒かった。先に通った広い径《みち》から、再度《ふたたび》狭路に入ってより、既に久しく歩いている。低い天井を伝わる水は絶えず私の頭皮を濡《ぬ》らし、地下川の細流は足下を濡らしている。深閑とした洞内には、石より溜《したた》る雫《しずく》の音《ね》が、鼓動の如く、規則的に響いている。汗が冷め、私は俄《にわ》かに悪寒《おかん》を覚えた。ピエェルは猶顧ない。その歩調も乱れない。唯時折消えそうになる明かりの為《ため》に、纔《わず》かに立ち止まる位のものである。

歩きながら、私は、先程択《えら》んだ一つの岐路のことを考えていた。そして、驟然《しゅうぜん》と股栗《こりつ》するを禁じ得なかった。私はそれを、標《しるべ》も知らずに択んでいるのである。此処までそうした岐路が幾つ有ったのかさえも覚束無《おぼつかな》い。斯様《かよう》な単純な不注意は、勿論《もちろん》悔んだとて詮《せん》無きことではある。が、これに気附いた時、私は始《はじめ》て、自分が此処より生きて帰り得るであろうと云う期待に疑を挿《はさ》んだのであった。

……それから、水流の稍《やや》多き所に至るに及んで、次第に途《みち》が開けていった。前方に幽かな光が見えている。或る種の蚈《むし》が、収められた掌《たなそこ》の裡にて放つような微弱な光である。私はそれを、蠟燭《ろうそく》の焔《ほのお》かと疑った。しかし、どうもそうではないらしい。

光は曖々《あいあい》として彼方《かなた》に罩《こ》めている。

途は軈《やが》て、ゆるやかな拡大を経て、俄《にわ》かに洞闢《どうびゃく》した。見上げむ許《ばか》りの天井は猶《なお》闇の裡《うち》に隠されていたが、底より昇る仄《ほの》かな光に因《よ》って、垂れ下がった無数の鍾乳《しょうにゅう》石《せき》が宙《そら》に浮かんでいるのが見える。下には遍《あまね》く水が湛《たた》えられ、その面を毀《やぶ》り、鍾乳石に精確に応じて石筍《せきじゅん》が伸びている。中には、それらが合わさって既にして一本の柱を成したものもある。老若《ろうにゃく》は、その状《かたち》から推せられた。若いものほど、中程が握り締められたように細くなっているからである。最も古い類《たぐい》のものは、状も飯櫃《いびつ》で一塊の小山のようになっている。そうかと思えば、又、石筍が水底《みなそこ》に沈んだ儘《まま》、上なる鍾乳石許《ばか》りが巨大に膨らんだものもある。——そして今、それらの孰《いず》れもが、闃《げき》として鏡のように磨かれた水面《みなも》の上に、幻《まぼろし》の如《ごと》、映じている。滴石の潤《うるお》った皓《しろ》い膚《はだ》は、光に因《よ》って黄金に染まり、黒翳《かげ》に因って深く蝕《むしば》まれている。

許多《あまた》の滴石の中心には、そして、一際《ひときわ》大きな石筍《せきじゅん》が屹立《きつりつ》している。光の源は此処《ここ》であるらしい。だが、正にその発する所は、ピエェルの魁梧《かいご》な体軀《たいく》に因って隠されている。背後に立ち尽くす私は、暫《しばら》くその本源を見ずして、ピエェルの陰から逃れたる所を、即《すなわ》ち、発光するものの周囲に構えたる所を眺めていた。

——それは、次の如き様である。

石筍は、真直《まっすぐ》上方に伸び四半分程を剰《あま》して一度括《ひとたびくび》れた後に、一層大きく膨み、その儘緩やかに先端を結んでいる。対を成す鍾乳石も殆ど同じ形である。丈は各《おのおの》が人の三倍もあろうか。二つの滴石は、将《まさ》に触れ合い、熔《と》け合わむとする刹那《せつな》の所で、纔かに指二本分程の隔たりを保っている。間隙《かんげき》は存在の予感に閃《ひらめ》き、爛熟《らんじゅく》し、存在以上の充実した緊張を孕《はら》んでいる。

石筍を支える台は、熔《と》け流れた蠟《ろう》の如く波を打って凝固している。水の上に少しく露《あらわ》に覗《のぞ》いたその表面は、石筍《せきじゅん》の附根より水面に至るまでを、薔薇《ばら》に因《よ》って覆《おお》い尽くされている。無論洞内で華など見る筈もなく、これらの薔薇はこの一箇所にのみ奇妙にして咲き出でたものである。華はどれも開かむとする刹那の様で、今し方切った許りの肉の断面のように緋《あか》い。辺りはその香に馥郁《ふくいく》と匂《にお》い立ち、後に来《きた》る開華の瞬間を予告している。そして、それら渾《すべ》ての上には、光が面紗《ヴェイル》のように仄《ほの》かに垂れている。……

――それは、如何《いか》にも不思議な光であった。稍《やや》在って、私は些《いささ》か冷静さを取戻し、傍らの岩場に躰《からだ》を収めた。これは一つには、光の発する所のものを自身の眼で慥《たし》かめむとする為であった。

さて、視点が横に動くにつれ、私の眼には、漸うその光の源が露《あらわ》になっていった。

私は、下《しも》に叙する事柄に就いて、延《ひ》いてはこの洞窟に関する凡《すべ》ての記述に就いて、人がこれを幻覚に過ぎぬと誹毀《ひき》するとしても、敢えて駁《ばく》することを得ない。私は慥かに見たには違いない。しかし所詮《しょせん》、見たに過ぎぬと云うならば、やはり言《こと》に窮するであろう。或いは、村人の云う通り、森の中には悪魔が居り、私も亦、その術に惑わされてしまったのだと謗讒《ぼうざん》せられるならば、甘んじてそれを認め、主の御前《みまえ》にて己の弱さを懺悔《ざんげ》しても構わない。それでも、私の見た所のものが、この世界に実在したのだと考えるよりは、どれ程願わしいことであろうか。

巨大な石筍の上には、腕が見える。乳房が見える。項垂《うなだ》れた顔が見え、腰には陽物が見えている。衣服は一切纏《まと》わずに、唯その頭に、茨《いばら》と蛇とが複雑に絡《から》み合った冠を戴《いただ》いただけである。茨の華は足下のそれと同様に開き遣《や》らぬ儘緋《ままひ》色《いろ》に赫《かがや》き、蛇は頭を一周して、額《ひたい》の上で自らの尾を噛《か》み、結んでいる。肘《ひじ》から先と、膝《ひざ》から下とは石の中に埋まっていて、背《せな》も亦、石に附着しているようである。仔細《しさい》に見れば、腕と腹部との隙にも、又、両脚の隙にも石が浸透している。

陰嚢《ふぐり》の奥からは、懼《おそ》らくは其処《そこ》に在るであろう陰門より入《い》って、肉体を貫き、項《うなじ》へと突き出した、飾りの多い杖《つえ》のようなものが見えている。これにも亦、茨と蛇とが絡んでいるが、此処《ここ》では蛇は二匹いて、それらが互いの尾を噛合っている。項を毀《やぶ》って出た杖の先端は、これが在る所の石筍《せきじゅん》がその儘《まま》小さく鋭利になったかのような、槍《やり》の如き状《かたち》を呈している。それとは逆に、陰門より下った柄の末尾には、より複雑な細工が窺《うかが》われる。先端には、鶏卵一個分程の球が在る。その上に、円と菱形《ひしがた》とを組合わせた標《しるし》が見えている。円はその内部を縦長の楕円《だえん》状に刳貫《くりぬ》かれていて、菱形は、この楕円に四つの頂点を接するようにして嵌込《はめこ》まれている。菱形の内部も亦、左右の頂点に近附くほどに肉が厚くなるように、水平な対角線の短縮せられた、角の取れた菱形状に刳貫かれている。これらの種々の形は、上下の二点のみを共有しており、この二点を、杖より伸びた一本の線が貫通している。

肉体は、その豊かな乳房に最もありありと窺い得る所の優美さと、腹部や肩に顕著に現れたる所の堅強さとを備えており、これら相反する二つの性質の如何《いか》にも危うい均衡を、この一本の杖が統御し、繋《つな》ぎ止めていると云《い》った様子である。遍身《へんしん》の筋肉は厳しく緊張している。肉体は将に今、石から産まれ出でむとしているかのようであり、又、石に吸収せられむとするを耐えているかのようでもある。だが一方で、この運動への志向は、乳房を中心とする脂肪の争《あらが》いに因《よ》って鎮静せられている。脂肪は憤怒《ふんぬ》する筋肉は、脂肪に抱擁せられて行動の一歩手前に踏み止《とど》まっている。脂肪は何よりも静謐《せいひつ》と停滞とを志すからである。

対立は、その面貌《めんぼう》にも見えている。閉ざされた瞼《まぶた》は、苦痛の故《ゆえ》とも、眠りの故とも判ずるを得ない。眉間《みけん》に仄《ほの》めく数条の皺《しわ》は、愁《うれ》いと快楽とを両《ふた》つながらに予感させ、その謎《なぞ》を、際立《きわだ》った鼻準《びせつ》の直線の裡にあずけ、永遠に隠してしまう。瞼際《けんさい》は締まり、顎《あぎと》の曲線は熟し遣らぬ果実のように滞らない。それらを覆い侵さむとする髪は、叢《むら》がる爬虫《はちゅう》類の如、又、甕《かめ》より零《こぼ》れる清水のようでもある。

――そして、これらは渾て金色《こんじき》に輝いている。

石像であろうかと云う私の疑は、径ちに廃せられた。私には、訣《わけ》も無く、これが生きていると云うことが慥《たし》かに感ぜられたからである。然《さ》ればこれは一体何であろうか。人間であろうか。或いはそうであるやも知れぬ。しかし、人間であったとしても、それは男でもなく、女でもなく、且《かつ》、男でもあり、女でもあるのである。斯《かく》の如きを以て、人間と呼ぶことが出来るであろうか。次に私はこう考えた。この、石に縛《いまし》められたる所のものは、巷説《こうせつ》に聞く錬金術の人造人間《ホムンクルス》ではあるまいか、と。これは些《いささ》か、辻褄《つじつま》の合う話かも知れない。しかし、こう想うと更に私の憶測は進んで、或いはこれこそは、天より隕《お》ちた黎明《れいめい》の児《こ》なる明星、神の雷霆《いかずち》に撃たれた堕天使そのものではあるまいかと云う考えに至った。――が、これも私には信ぜられなかった。その姿は、悪魔たるには美し過ぎた。だとすれば、天使であろうか。……私は眩暈《めまい》を覚えた。然れどその発する所の光は如何にも微弱であり、恩寵《おんちょう》たるには暗過ぎた。そして、肉体は何処《どこ》か知《し》ら不完全で、劇《はげ》しく対立する性質に、今にも引裂かれむとしながら、辛うじて解体を免れているかのようであった。

この両性具有者《アンドロギュノス》には、慥《たし》かに、若さと云うものに存する、或る種の明快さが在った。しかし、その若さそのものは、懼《おそ》らくは何百年、何千年と云う鉱物的な遅々たる成長を以て、云うなれば、老ずることを以て得られたのであろう。何故《なにゆえ》と云うに、その顕現する所の明確さには、既にして裏側から晦匿《かいとく》が迫っているからである。晦匿に因る難解さとは、一つの衰耗に外ならない。そして、衰耗とは即ち、老である。

若さとは固より、表面に止まるべき質のものであり、故に、抑《そもそも》裏側と云うものを有さず、裡《うち》に深まることが即ち、表面の無限の体積であり、奈何程《いかほど》に内部へ浸透しようとも、その達する所は常に表面に在る所のものと同様であらねばならぬのである。この力強い単純さは、しかし、何と脆《もろ》いものであろうか。丁度、屢《しばしば》純粋の金属が合金よりも壊れ易《やす》いように。――だが、今私の眼前に在る両性具有者《アンドロギュノス》の肉体は、それとは反対に、丹念に老を重ねることに因って成っているのである。それが為に、若さが本来備えている筈の凋落《ちょうらく》の予感を知らない。老いることが即ち、若さそのものを完成せしめるのである。老が若さに先んじて、尚《なお》若さの後に連続しない。若さの先には、唯若さそのものしかない。老いることこそが、肉体を完《まった》き若さへと至らしめむとするのである。……

私は眼を転じてピエェルを見遣《みや》った。

水辺に佇《たたず》み、それを打目守《うちまも》っていたピエェルは、この時ゆくりなくも前へと進み始めた。水の面に映じた許多《あまた》の滴石が砕けて、鬱金《うこん》の破片が野火のように氾《ひろ》がっていった。洞内は、その波紋の翳《かげ》に揺れている。水は低く、纔《わず》かに膝の上までを濡したただけである。

中心の石筍《せきじゅん》に至ると、ピエェルは薔薇《ばら》の華々を踏み分けて、石の人の前に立った。そして、石筍に埋まった膝から項垂《うなだ》れた頭に至るまでを熟々《つくづく》と眺めた。

低い嘆息が響いた。表情は窺い得ない。軈《やが》て打顫《うちふる》える両腕を伸すと、ピエェルは手の甲で静かにその髪を払いながら、両性具有者《アンドロギュノス》の頬に触れた。それから、顔の上には二本の拇指《ぼし》のみを留《とど》めて、頤《おとがい》の線に沿いゆっくりと両の掌《たなそこ》を這《は》わせ、他の指を皆その下に隠した。続いて、残った拇指が鼻翼より発し、口唇《くちびる》の上を撫《な》でて、顎《あぎと》の先端に止まった。手は更に滞ることなく、頸《くび》を這い、肩を撫で、乳房の曲線をなぞり、腰を流れて、男根に至った。ピエェルはそれを手中に収めた儘《まま》、今度は乳房の脇《わき》に口唇を押し当てた。そして、その儘前に屈《かが》んで男根に接吻《せっぷん》し、陰嚢《ふぐり》の裏を探って女陰を慥《たし》かめると、手を引いてそれに触れた指に口を附けた。

——冷艶《れいえん》な肉体を前にして、ピエェルは恭《うやうや》しく一連の動作を済ませた。上なる鍾乳石から瀝《したた》った一滴の雫が、石筍を伝って両性具有者《アンドロギュノス》の肩に落ちた。……私は襟元が汗に濡れるのを感じた。これは、啻《ただ》に緊張の為のみではなく、洞内の異常な温度の為でもあった。洞門を潜《くぐ》って此処に至るまで、寒さに顫《ふる》えることはあっても、暑いと感ずるようなことは絶えてなかった。それが、あの巨大な石筍を眼にした時より、次第に遍身《へんしん》に温《ぬく》もりを覚えるようになった。そして何時《いつ》しか、汗も已《や》まぬ程の熱を感ずるに至ったのである。私は、外界の空気を欲した。この熱は、私が為には奇妙に懐《なつ》かしく、又、息苦しくもあった。——それは丁度、体温に似ていた。

ピエェルは、石筍《せきじゅん》を跡にすると再度《ふたたび》もとの水辺に立った。そして、懐《ふところ》より新しい蠟燭《ろうそく》を取出すと、それに残りの火を移した。

私は無理にも襟《えり》を開きながら、ぼんやりとこれを眺めていた。この時私の裡に蘇《よみがえ》ったのは、魔女の儀式に就《つ》いて語ったジャックが言《こと》であった。私は、偏狭なジャックの話を多く聞き流していたが、その異常さの故に、夜宴に於《おけ》る瀆神《とくしん》の儀式に就いてのみを記憶に留《とど》めていた。その忌《い》まわしい内容を、此処《ここ》で詳《つまびらか》にはしない。

私の記さむと欲するのは、彼等が儀式の始めに悪魔の臀部《でんぶ》に接吻をし、それを以て夜宴に参加するを許されると云う一事のみである。この洞窟《どうくつ》内には、無論、私とピエェルと、あの両性具有者《アンドロギユノス》との外には誰も居ない。此処《ここ》で夜宴が開かれると云《い》う気配は無く、仮に有るとしてもピエェルが斯様な莫迦気《ばかげ》た集《つどい》に参加するとは思われない。ピエェルは、乳房と、二つの性器とには接吻をした。しかし、終《つい》に臀部には接吻をしなかった筈である。……にも拘《かかわ》らず、私はピエェルの為《な》した所と所謂《いわゆる》魔女の儀式との間に或る正体の知れぬ聯絡《れんらく》を認め、慄然《りつぜん》とせざるを得なかった。ピエェルは、この時慥《たし》かに、この世ならぬ何ものかに参与しているかのように見えたからである。

闇《やみ》に灯《とも》った細い焔の翳《かげ》が、ピエェルの憔悴《しょうすい》した面にゆらめいていた。疲労の痕《あと》には、しかしながら、再生の力強い予感が洋溢《よういつ》していた。

ピエェルは私の傍らを過《よぎ》って帰途に就いた。私は猶《なお》此処に留まって自らあの不思議な、男であるとも、女であるとも、又、人であるとも、動物であるとも、悪魔であるとも、神の御遣《みつか》いであるとも判じ得ぬ所のそれに就いて撿《けみ》するを欲した。しかし、これは断念せられた。私は兎《と》に角《かく》、一刻も早く外へ出ねばならなかった。理由は解らない。唯訣《ただわけ》も無く、それがほんの僅《わず》かでも遅れるようなことがあれば、私は此処から二度と逃れ出ることが出来ぬように想《おも》われていたのである。――漸《ようや》く洞戸に至った時には、既に夜であった。闇は何時しか地下より這い出て、森の中でその巨体を肆《ほしいまま》にくねらせていた。私は岩陰に潜んで、ピエェルの燭《しょく》の明かりが見えなくなるのを待った。意識は醒《さ》めていた。――兎に角、早まってはならぬのである。森の中ならば、縦《たと》い迷ったとしても大事には至らぬ筈《はず》である。ピエェルは、此処《ここ》では後《うしろ》を顧るであろう。そしてその時にこそ、間違いなく私を発見するであろう。――こう、自らを戒めながら。……

静謐《せいひつ》の底で、私は遠ざかって行く光を目守っていた。

背《せな》から、冷気が流れて来た。

頭上では、穹蓋《きゅうがい》を掻《か》くような禽《とり》の音《こえ》が、跡切《とぎれ》々《とぎれ》に鳴り響いている。

夜は、重く、生温《なまあたたか》い、獣のような寝息を吐いていた。

□

この日と丁度相前後する頃より、村では奇妙な間歇《かんけつ》熱が流行し始めた。最初の死者が出たのは、洗礼者聖ヨハネの祝日の二日後のことである。その翌日に更に一人が死に、二日を置いて今度は一時《いちどき》に三人が死んだ。

村人等は、これを聖アントワヌの火の病と呼んでいた。名のみ高く今に至るまでこの疾疫《しつえき》の奈何《いか》なるものかを識《し》らぬ私は、名称の正誤を論ずるを得ぬが、兎《と》に角《かく》、村を襲った奇病は巷説《こうせつ》に云《い》うそれに匹敵する勢いで瞬《またた》く間に幾多の肉体を蝕《むしば》んでいった。

――病は亦《また》、精神にも及んだ。村人は既に久しく冷害に因《よ》る貧困に喘《あえ》いでいた。其処《そこ》へこの間歇熱が忽然《こつぜん》と氾《ひろ》がり始めたのである。

村の至る所で詰まらぬ争いが起き、夜々の酒宴は狂的になり、艶笑婦《えんしょうふ》が閨《ねや》から閨へと渡り歩いた。彼等は一年分の葡萄酒《ぶどうしゅ》を全《すべ》て飲み尽くさむとしていた。その一方で、貪《むさぼ》るような信仰が起こり、ジャックや私の許《もと》を絶えず村人が往来した。これらは皆、初めの死者が出るに及んで、俄《にわ》かに堰《せき》を切ったように旺《さか》んになったことである。

村人は、嘗《かつ》ての黒死病《ペスト》の猖獗《しょうけつ》を想起し、その記憶に怯《おび》えていた。記憶は又、人々の不安を食って、ひとりでに肥《ふと》っていった。——然《さ》りとて、彼等をして斯《かく》も惑乱せしめたる所以《ゆえん》は、猶《なお》この外に求めるべきであった。

この間歇熱の流行と時を同じくして、村には或《あ》る風説が流布《るふ》せられ始めていた。それはこうである。日毎《ひごと》、落霞《らくか》に染まる夕刻の西の穹《そら》に、巨人が現れると云うのである。私は、それを実見したと云う者等の詞《ことば》を集めて、風説の中身を識るに至った。彼等は巨人を形容せむが為《ため》に頗《すこぶ》る多言を費やした。その語る所は俄かに信を置く能《あた》わざるものであったが、猶其処《なおそこ》には驚くべき幾つかの一致が見られた。その一つは、村人が執拗《しつよう》に巨人の大きさを強調することである。彼等の云うには、我々は頭《こうべ》を左右に巡らすことなしには巨人の脚一本の幅をだに測ること協《かな》わず、体毛は樹木の如《ごと》く、穹《そら》はその下半身のみを以《もっ》て埋められ、腰から上は、遥《はる》か雲上に隠れてしまうらしい。更に今一つは、巨人が必ず男女の二体で出現し、丘壟《きゅうろう》の彼方《かなた》で、獣のように激しく交り合うと云うことである。この時これを見た者は、必ず嵐《あらし》のような轟音《ごうおん》を聞くらしい。

この風説が未《いま》だ人の知る所となるより前に、私の許を訪れた或る婦人は、懺悔《ざんげ》の詞にこう云った。

「……私は何という懼《おそ》ろしいものを見てしまったのでしょう。それは二人で、しかも、……うしろから交っていたのです！」

私はこれを自ら慥《たし》かめるを得なかった。しかし、風説には更に続きが有り、それに就いては実験していた。この巨人の出現には、必ず豪雨が続くのである。雨は、日没後間も無く始まって、一晩雷鳴と倶《とも》に降続け、夜明け前に驟然《しゅうぜん》と已《や》む。そして、旭日曈々《きょくじつとうとう》たる東雲《しののめ》の穹《そら》には、虹《にじ》が赫《かがや》くのである。

私は夜すがら思索に耽《ふけ》った朝《あした》に、屢《しばしば》この虹を眼にした。それは爛然《らんぜん》と彼方に浮かび、巨大で、美しく、光に溢《あふ》れ、威容を誇り、やさしく、神聖なものであった。私が此処《ここ》に見たのは、正に、地に有るすべての肉なるものと神との間に交わされた契約の標《しるし》に外ならなかった。疾疫は日を経るほどに村の至る所に浸透し、巨人の姿は益《ますます》多くの者等に目撃せられ、豪雨は川を氾濫《はんらん》せしめた。人々は、漸《よう》く鎮《しず》まった穹《そら》を不安と不遜《ふそん》な怒りとを以て見上げた。そして、正にその時にこそ、虹は悠揚《ゆうよう》と眼前に現れるのである。――私は幾度その姿に慄然《りつぜん》としたことか。我々の被《こうむ》る有らゆる悪を知悉《ちしつ》し、猶《なお》その永遠《とわ》の契約の標のみを示して巨大な沈黙を守り続けるその力に！

……或る日の午後、私は教会の近くでユスタスに声を掛けられた。常の如く嬾惰《らんだ》で冷笑的な色を浮かべながら、彼は私にこう云った。

「お前も、魔女がどうしたのと、愚にもつかぬことを村人に吹聴《ふいちょう》してまわっているのか？」

しかし、私はこれを解し得なかった。ユスタスは語を継いだ。

「お前も、此処の所の異常な出来事を、魔女のせいだ何だと云って村人達を唆《そそのか》しているのかと訊《き》いておるのじゃ。……」

――私がユスタスより聞き知った所はこうである。数日前より、教会では頻《しき》りにジャックが説教を行っている。ジャックは、冷害も、疫病《えきびょう》の蔓延《まんえん》も、豪雨も、都《すべ》ては魔女の妖術《ようじゅつ》に因るものだと云うのである。人々はこれを疑わなかった。説教を聞きに来る者は、今では嘗《かつ》ての倍程も在る。彼等に対してジャックが続けて云うには、村には慥《たし》かに魔女が居る、この罪深い者は径《ただ》ちに悔改め、自ら申し出るべきである、然もなくば罪はより深くなり、異端の罪の上には強情の罪も重ねられることとなろう、と。

ジャックはその為に十日の猶予《ゆうよ》を与えた。これが昨日のことであるらしい。

ユスタスの口上に、私は些《いささ》か驚きはしたものの、敢《あ》えてそれに疑を挿《はさ》まなかった。事実、その詞《ことば》に偽りはなかった。私は、何時《いつ》になく多少の責任の如きものを感じてジャックが許《もと》へと向かった。私がジャックを論駁《ろんばく》せむと意を決したのは、或いはユスタスに「主の番犬Domini Canesども」と罵《ののし》られたからかも知れない。しかし、その一方で、村人等のことを慮《おもんぱか》っていたのも亦事実である。就中《なかんずく》、私にはピエェルの身が按《あん》ぜられた。ジャックが説教に就《つ》いては聞き及ばずとも、既にして私は、多くの者等がピエェルこそはその魔女に外ならぬと噂《うわさ》するのを耳にしていたからである。

……だが、この試みは功を奏せなかった。ジャックは一向に私の話に耳を傾けず、徒《ただ》同じ魔女に就いての見解を繰返す許り《ばか》であった。その論旨は、以前にも増して不明確であったが、それでも、別れ際《ぎわ》には斯《かく》の如きを附け加えた。

「貴方《あなた》も解《わか》っていることとは思いますが、あの男にこれ以上関わってはなりません。……私は貴方が嫌いではありません。貴方を異端審問に掛けねばならぬと云うようなことは、是非とも避けたいのです。」

この詞《ことば》に含まれた威嚇《いかく》するような調子に、私は不快を感じた。そして、ジャックが許《もと》を去ると、これを態《わざ》と裏切るようにしてピエェルが居へと急いだ。

ピエェルは常と何等《なんら》違《たが》う所無く、錬金術の作業に没頭していた。私が此処《ここ》を訪れるのは、洞窟《どうくつ》に赴いた日より始《はじめ》てのことである。私は適当な云い訣《わけ》をしながら中に這入《はい》った。ピエェルは黙していた。

奥の椅子《いす》に腰を卸すと、少しく息を整えた。この時私は、自分が一体何の為に此処へ来たのかが解らなくなった。ピエェルに、何かを云わむとしていたには違いない。しかし、何を。……

私は僅《わず》かに彼の方を見遣《みや》った。如何《いか》にも、その姿に常と違う所は無い。抑《そもそも》、異端の嫌疑に就いて、ピエェルは知っているのであろうか。私は自問した。そして、縦《よし》や未だ知らぬとして、それを敢えて私が告げることに、どれ程の意義が有るかを疑った。

知れば、ピエェルは実験を捨てるであろうか。――否《いな》、斯様《かよう》なことは、万が一にも有るまい。然れば、私は彼に村を去ることを勧めるべきではなかろうか。固《もと》より彼が、長い遍歴の末に偶《たまたま》この地に辿《たど》り着いたに過ぎぬのであるならば、再度旅に出るは、然《さ》したる決断を要さぬことであろう。……然《さ》りとて、私は一体何等の理由を以て彼にこれを勧め得るであろうか。抑《そもそも》彼にこう反論せられれば、私は何と答える積であろう、即《すなわ》ち、何故《なにゆえ》にこの実験が異端であるのか、と。……慥《たし》かに、私はこれが異端であるとの予感を既に久しく抱いている。今以てそれに変わる所は無い。にも拘《かかわ》らず、自らの立場をも顧ずに、覚えずこうして此処を訪れたのは、私が猶《なお》ピエェルを、啻《ただ》に唾棄《だき》すべき異端者たるに過ぎぬとは見做《みな》しておらぬが故《ゆえ》にであろう。そして、彼を救わむと欲するが故にであろう。――然れば私は、やはり彼に告げねばならぬ筈《はず》である。……しかし、何を。……

私は無意味な沈黙を嫌い、徒《いたずら》に指を折ってみせ、何か些細な思案に耽っているような風《ふり》をした。拇指《ぼし》より始まり、一本折る度に小さく頷《うなず》き、小指に至れば、頸《くび》を傾《かし》げて、再度拇指に戻ると云った具合である。それから、今度は書棚の前に立って、適当なものを手に取りその頁《ページ》を捲《めく》った。ピエェルは、何も問わなかった。……私は斯様《かよう》な埒《らち》も無いことを繰返しながら、独り話の糸口を探していた。しかし、終《つい》に何事をも口に出さぬ儘《まま》に、二三の書を借りる許しのみを得て暇《いとま》を乞《こ》う次第となった。ピエェルはこれを諾《だく》した。そして、少しく間を置いた後に、こう云った。

「私の身に何か起これば、此処に在る書の類《たぐい》は皆お前の好きにするがよい。」

□

さて、その日私は為《な》すことも無く、舎《やど》の自室にてピエェルより借受けた書物に眼を通していた。午《ひる》を過ぎ、正餐《せいさん》を了《お》えた頃より、若い女がひとり訪ねて来た。女は疾言遽色《しつげんきよしよく》の態《てい》で、さっぱり意味の解《わか》らぬ言《こと》を矢継ぎ早に口走っていたが、兎《と》に角《かく》話を聴いてもらいたいと云《い》うことらしいので、椅子《いす》を勧めて耳を傾けた。女は仍《なお》落着かなかった。話の内容は、今し方村で起ったことに関するらしいが、どうも能《よ》く解らない。女は、牛が死んだとか、橋がどうしたとか、思うに任せて断片の詞《ことば》を発する許《ばか》りである。そのうち、窓の外が騒しくなった。私はそれを敢《あ》えて慥《たし》かめなかった。復《また》村人同士が争っているのだろうと想《おも》ったからである。

しかし、この時女は俄《にわ》かに怯《おび》え始めた。私はその理由を問うた。女は応《いら》えない。今度は緘黙《かんもく》してしまった。

ふと、私は不安になった。この女は若《も》しや気でも狂っているのではあるまいか。こう考えたのは、単なる思い附きに因《よ》ってのことではなかった。村には頃《このごろ》、そう云った者が珍しくなかったからである。

暫《しばら》くすると、喧騒《けんそう》は鎮《しず》まった。私はそれに心附いたが、やはり外を見ることはしなかった。

女はその間も私を打目守《うちまも》っていた。せむ方無く、私も亦《また》黙って女に対峙《たいじ》していた。

……

程経て、部屋の戸を叩《たた》く者が在った。誰何《すいか》した。応じたのは舎《やど》の主《あるじ》である。主《あるじ》の面にも、惑乱の色が挿している。

「何か？」

「……ジャック様と、そのお連れの方々とが、今魔女を御捕えになりました。」

私は瞠目《どうもく》した。

「魔女を？……それで？」

「はい、径《ただ》ちに維奄納《ヴィエンヌ》に連れて行かれて、其処《そこ》で裁判に附されるとのことです。」

これを聞いて、私が愕《おどろ》きと倶《とも》に、ピエェルの身を按《あん》じたのは云うまでもない。しかし、それを慥《たし》かめむが為《ため》には、猶迂《なおう》言《げん》を以てせねばならなかった。

「貴方《あなた》は、その者を見たのですか？」

「ジャック様ですか？」

「いえ、魔女のことを云っているのです。」

「はい、慥かに。」

「それは、……」

「…………。」

この時私は、主《あるじ》が緘口《かんこう》したことを以《もっ》て即断を下した。ピエェルに違いない。主《あるじ》が為には、私の前でピエェルの名を口に上すことが憚《はばか》られたのであろう。今以て、彼は私とピエェルとの関わりに邪推を巡らせているのだから。……然《さ》るにても、自ら申し出るようにと云うジャックの定めた期間には、未《ま》だ猶予《ゆうよ》が有る筈《はず》である。とすれば、無理に押し入られて、捕縛せられたのではあるまい。ピエェルは進んで罪を認めたのであろうか。何の。村に疫病《えきびょう》を流行《はや》らせ、豪雨を降らせた罪か。……莫迦《ばか》らしい。

――しかしその実、これは杞憂《きゆう》であった。捕えられたのは、ピエェル・デュフアイではなかったのである。

□

主《あるじ》と女とを跡に、急いで外に出た時には、既にジャックの一行の姿は無かった。已《や》むを得ず、私は部屋に戻った。二人は私《ひそ》かに言葉を交していた。私は彼等に詫《わ》びを云って、仔細《しさい》を尋ねた。

彼等の語る所はこうである。

今朝早く、村の南に在る農家の庭で家畜の牛が一頭殺されていた。飼主は、偶《たまたま》その犯人を目撃したが、或《ある》いはそれは夢かも知れぬと疑っていた。何故《なにゆえ》と云《い》うに、その逃げ足の速さは尋常でなく、後姿を見れば慥《たし》かに全裸であり、残された足跡は男のものとも女のものとも判じ得なかったからである。この噂《うわさ》は間も無く村中に氾《ひろ》まったが、心あたりのある者は無い。と云うより、大半はこれを信じなかった。普段より早く村に到着したジャックがこの噂を知ったのも、丁度同じ頃である。村人達は、その後牛殺しの犯人を捜したが、踪跡《そうせき》はさっぱり摑《つか》めない。

然《さ》る程に、橋の真ん中に異様な格好をした者がひとり立っているとの噂を聞き附け、村人達は一斉にその場へと集った。此処《ここ》より私は、後に多くの者から聞き知った所を加えつつ、続きを叙することとする。橋の上に在ったのは、飼主の云うに違《たが》わず全裸の者であった。その姿を記さむとするに私は些《いささ》か困難を覚える。と云うのも、それを語って聴かせた村人達の詞《ことば》は、互いに皆食違っているからである。彼等は乳房が見えていたと云う。又、陽物が有ったと云う。これは一致している。しかし、それが男であったのか、女であったのか、或いは、その膚《はだ》の色、貌容《ぼうよう》、背丈と云った事柄に関しては、悉《ことごとく》相容《い》れぬ意見を述べるのである。

橋には、稍《やや》遅れてジャックが現れた。ジャックも亦《また》これに喫驚《きつきよう》し、暫《しばら》く声を発することも能《あた》わなかった。

しかし軈《やが》て、村人達の動揺を看《み》て取って、

「この者こそは、村に災厄を齎《もたら》した魔女に外ならぬ。」

と言い放った。人の垣から、次《じ》を逐《お》いて賛同の声が上がった。

ジャックは伴の者を連れ、歩み寄ってこれを縛《ばく》した。……

以上が私の識《し》りたる所である。

女はこれを見て狼狽《ろうばい》し、怯怖《きようふ》に顫《ふる》えながら、訣《わけ》も分らず私の許《もと》を訪れたのであった。

私は兎《と》に角《かく》、捕えられたのがピエェルでないことを識り、愁眉《しゆうび》を開いた。と同時に、やはり驚殺するを禁じ得なかった。その姿に幾分違《たが》う所が有るとは云え、私にはそれが、洞窟《どうくつ》内で見た両性具有者《アンドロギユノス》であることが径《ただ》ちに推せられたからである。

然るにても、私が為《ため》に尚《なお》興味深く思われたのは、舎《やど》の主《あるじ》の語る魔女と云うものが、日頃ジャックの繰返していたそれと、奇妙な程符合していたことである。主《あるじ》は両性《アンド》具有者《ロギュノス》に就いて、それが森の奥深くに棲《す》んでおり、孤《ひと》り身の女で、妖術《ようじゅつ》を能《よ》くする者だと語った。主《あるじ》がこう云うのには、何等根拠が無い筈であるのに、詞《ことば》は断定するような調子で、些かも疑を容れぬと云った風《ふう》である。又、手には箒を携えていたと云う。これは察するに、あの奇妙な意匠を凝らした杖《つえ》のことであろう。私は時折相槌《あいづち》を打ってそれを聞いていた。主《あるじ》は続けて、魔女が処刑せられれば村の者は救われる筈だと語り、異端審問に就《つ》いて私に仔細に問うた。私は手続きに関しては詳《つまびら》かにせぬと応《いら》えた。主《あるじ》は又、魔女は慥《たし》かに殺されるだろうかと質《ただ》した。私はこれにも唯《ただ》解らぬと答えるのみであった。彼は女と顔を見合わせ、話にならぬと云った風に息を吐いた。――

　軈《やが》て私は、二人を残して再度《ふたたび》舎を跡にした。先《ま》ず向かったのは、件《くだん》の洞窟である。川伝いに森を進み、程無く其処《そこ》に着いた私は、金瘡《きんそう》が塞《ふさ》がるようにして洞戸が左右から閉ざされているのを認めた。奇とすべきは、この時私が、これを何等《なんら》不思議に思わなかったことである。二三度その岩壁を触れてみた後、私は次にピエェルが居へと向かった。

　ピエェルは、私の来訪を予《あらかじ》め知っていたかの如《ごと》く、誰何《すいか》もせずに戸を開いた。部屋の中には、私の荒い息が放たれた。息は獣のように踊った。

「……魔女が捕えられたようです。」

歩きながら、私はピエェルに云った。

ピエェルは顔を挙げた。

「そうか。」

「……知っていたのですか？」

「……いや。……」

「それでは、どのような者が捕えられたのかも？」

ピエェルは唯《ただ》眼を以《もっ》て応えた。それは、常にも増して冷やかな、鉄石の如き眸子《ぼうし》であった。この時私の裡《うち》には、俄《にわ》かに或る疑が萌《きざ》してきた。果たして両性具有者《アンドロギュノス》は、自らの力で石の縛《いまし》めより逃れ出たのであろうか。あの、頗《すこぶ》る堅固に擒《とら》えられていた石の縛めより。或いはそれは、何者かの手に因《よ》りなったのではあるまいか。村の中であの両性具有者《アンドロギュノス》を識《し》る者は、ピエェルとこの私とを除き外に無かった筈である。

然るに今、それが私ではないとするならば、……

――ピエェルか。

私は慄然《りつぜん》として彼の気色を伺った。その面に現れたる所は、常と変わらぬ深い思索の痕《あと》と、静謐《せいひつ》と、倨傲《きょごう》にも似た巨大な野心とである。其処には微塵《みじん》の動揺の標《しるし》も無かった。村人達は、両性具有者《アンドロギュノス》の捕縛を予《よろこ》んだ。彼等はこれで村が救われると信じたからである。しかし、ピエェルは少なくとも、その同じ予《よろこ》びを抱きはしなかったであろう。抑《そもそも》彼は懌《よろこ》んだのか。何の為に。己の保身の為にか。そうではないと、私は断言し得るであろうか。捕えられれば、ピエェルは懼《おそ》らく処刑せられるであろう。然《さ》すれば、彼がこれまでに為《な》してきた所の作業は渾《すべ》て水泡に帰すのである。ピエェルは、それを予期していたに違いない。然もなくば、何故私に書物を譲るなどと云わねばならぬであろうか。

その虞《おそれ》から、ピエェル・デュファイは両性具有者《アンドロギュノス》を解き放ったのであろうか。ジャックをしてそれを縛せしめむが為に。己が告発せられることより逃れむが為に。

……

しかし、これは皆、所詮《しょせん》は私の憶測に過ぎなかった。両性具有者《アンドロギュノス》の捕縛は、ピエェルが為にはやはり啻《ただ》に僥倖に過ぎぬのかも知れない。私は再度自問した。

抑《そもそも》ピエェルは懌《よろこ》んだのか。

だが、洞窟の中で私は慥《たし》かに見ていた。ピエェルの両性具有者《アンドロギュノス》に向かう為方《しかた》は、頗《すこぶ》る異様で、云うなれば或る浸透力を有していた。それは、愛に似ていた。但《ただ》し、言葉の最も広い意味に於《お》いて、即《すなわ》ち、主《しゅ》にも向けられるべき崇高さと艶笑婦《えんしょうふ》等をも慰めるべき下劣さとを両《ふた》つながらに含んだ意味に於てである。この孰《いず》れか一つが欠けるとしても、言葉は適切さを失するであろう。あの日以来、私は彼《か》の光景に憑《つ》かれてしまった。寤寐《ごび》の間それは心中を漂い、気が附けば私の思考を理性の彼岸へと攫《さら》って行くのである。蓋《けだ》しこれは、あの人とも悪魔とも天使ともつかぬ者が、私が為にも尋常ならざる意味を有するが故《ゆえ》にであろう。ピエェルが為には、云うに及ばない。然れば却《かえ》って、彼はその縛せられたるが故に悲嘆に暮れている、と考える方が道理ではあるまいか。……

しかし孰《いず》れにせよ、ピエェルの立振舞いより、それを判ずることは出来なかった。それは奥に在った。堅固に閉ざした、その峻厳《しゅんげん》な面の奥に在った。感情と云うものが、肉の裡《うち》に隠されてしまうと云うことは、何と不思議な逆説であろうか。

——結局、魔女に就いては、それ以上は問わなかった。

私は遣《や》る方無く、視線を巡らせた。ふと見れば、南の窓から幽《かす》かに射込《さしこ》む斜暉《しゃき》に、一角獣を描いた絵が朱《しゅ》に染まっている。水面は煌《きら》めき、焔《ほのお》は濃く色着き、その皚《しろ》い鬣《たてがみ》は、燃え移った火の如く靡《たなび》いている。丁度、額《がく》の中にも黄昏《たそがれ》が訪れたような格好である。

私はぼんやりとそれを眺めながら、虚《むな》しい思索に己を委《ゆだ》ねたい気になった。絵が我々と同じ時間を享《う》けると云うことが、この時の私には、如何《いか》にも不思議に思われたのである。――この一角獣が、私と同様に昨日よりも今日の方が、今日よりも明日の方が一層死に近附くのであるならば。夕刻を迎える度に絵の中で老いてゆき、軈《やが》ては死に、腐敗するのであるならば。或いは、村人の所謂《いわゆる》聖アントワヌの火の病に冒され、今夜にも径《ただ》ちに死に至るのであるならば。……次に此処《ここ》を訪れた時、これが横倒しになって水中に半ば身を沈め、艶《つや》の無い真珠のような皓《しろ》い眼を瞬《みひら》き、しだらなく口を開け、斜《はすか》いに傾いた角で虚しく天を指《さ》していたならば、私は、それに駭《おどろ》くであろうか。焔《ほのお》は消え果て、黒ずんだ肉から腐臭が漂い、それに群がる蠅《はえ》の翅《は》音《おと》が聴こえてきたならば、私はそれを異常なことと感ずるであろうか。……然れど、一角獣の一個の運動の停止が、時間そのものから超脱することに比すれば、私は意外それを奇とすることもないかも知れない。一体、絵に描いた一角獣は何故に老いることを知らぬのであろうか。……勿論《もちろん》、そんなことの理由は解っている。莫迦《ばか》らし過ぎて、理由と云うのも大仰な程である。しかし、私が為には、これは頗《すこぶ》る不思議に思われる。何故か知ら、如何にも奇妙なことと思われる。額中で夕日は慥《たし》かに赫《かがや》く。日毎《ひごと》欠かさずに赫《かがや》く。しかし、一角獣は老いぬのである。――斯様《かよう》な埒《らち》もない想《おも》いに耽《ふけ》りながら、私は存外、不快ではなかった。心中は仍《なお》一向に落着かなかったが、過度の混乱がそれをも麻痺《まひ》せしめていたのである。それは丁度、不眠が齎《もたら》す云い知れぬ恍惚《こうこつ》のようであった。……軈《やが》て暇《いとま》を乞《こ》うと、私は舎《やど》に戻った。――その日、巨人を見たと云う者は一人として無かった。

□

両性具有者《アンドロギユノス》が維奄納《ヴィエンヌ》で審問を受けている間、私は猶《なお》も村に留《とど》まっていた。

路銀には未《ま》だゆとりがあった。先を争うようにして村人達が死んでいたのだから、私がそれに怯《おび》えていなかったと云《い》えば嘘《うそ》になろうが、兎《と》に角《かく》、村に居続けたことは事実である。何の為《ため》に滞在を続けたのかは、今では解《わか》らない。懼《おそ》らくは当時にあっても理由と云う程のものは見附からなかったであろう。私は時折巴黎《パリ》を想《おも》い、そして、未だ見ぬ仏稜《フイレンツエ》を想った。しかし、それらに対する郷愁や焦燥でさえも、私をして村を発《た》たしめるには至らなかったのである。

その間の日々を、私は錬金術《れんきんじゅつ》に就《つ》いてピエェルの誌《しる》したる所を閲《けみ》することに費やした。

これらの数部より成る書は、此処《ここ》に至るまで彼の秘して明かさなかったもので、巴黎《パリ》大学風の「善き荒削りな羅甸語《ラテン》」に錬金術の晦渋《かいじゅう》な用語を鏤《ちりば》めて綴《つづ》られた、その独特の力強い文章は、自然学の有らゆる分野を波濤《はとう》の如《ごと》く呑《の》み尽くし、猶且《かつ》随所に緻密《ちみつ》で透徹した論攷《ろんこう》を窺《うかが》わせていた。事実、私の抱く幾つかの疑問は、これを以《もっ》て氷解していた。——が、その体系的な理解に至るには程遠かった。私は思うに任せてその所々に眼を通していったに過ぎず、それを順を追って始めから読み解いてゆくことはしなかったからである。あの日以来、私は如何《いか》に自らを鼓舞してみても、終《つい》に思索に没頭する気にはなれなかった。一切を顧《かえりみ》ず、学問上の問題に意識を絆《つな》ぎ留めて置くと云うことが私には出来なかったのである。

　両性具有者《アンドロギユノス》の捕縛以来、巨人の姿を見る者は絶えて無かったが、村の気温は依然として上がらず、夜毎《よごと》の豪雨も、疫病《えきびょう》の蔓延《まんえん》も鎮《しず》まる気配は看《み》られなかった。そして、朝《あした》には必ず虹《にじ》が現れた。村の酒場では何時《いつ》しか酒宴すら開かれなくなり、それに代って、男達が夜々虚《むな》しい議論を繰返していた。二三度招かれて私もそれに立会ったが、内容は孰《いず》れも同じであった。或《あ》る者達は、災厄が已《や》まぬのは両性具有者《アンドロギユノス》が今猶《なお》生続けているからだとし、早急《さっきゅう》に判決を下して、処刑する必要を説いていた。これに対して今一方の者達は、両性具有者《アンドロギユノス》の逮捕は見当違いで、本物の魔女が未《いま》だ村に留まっているからこそ水害も冷害も乂《おさま》らぬのだと主張した。これは暗にピエェルを指すのであった。

　論争は決着を看《み》るべくもなかったが、日を経《ふ》るほどに前者の意見が多勢を占めていった。彼等は、両性具有者《アンドロギユノス》が捕えられた日より事実巨人は現れなくなったと云うのである。

　斯様《かよう》な論議に就いて、私は勿論《もちろん》そのどちらの側にも与《くみ》することはなかったが、然《さ》りとて、何等かの真理らしきものを説いて、彼等を仲裁することも出来なかった。私は、彼等の蒙昧《もうまい》を難ずることをだに為《な》し得なかったのである。死者の数が漸《よう》う増してゆく中で、何時しか屍体《したい》は共同埋葬にせられることとなっていた。彼等はこれを見て、改めて嘗《かつ》ての黒死病の猖獗《しょうけつ》を想ったのである。そして、その惨澹《さんたん》たる末路を想ったのである。私は徒《ただ》これを傍観していたに過ぎなかった。私のしたことと云えば、虚しく終油の秘蹟を授ける位のことであった。

——斯《かく》て、人々の間には、愈《いよいよ》終末的な不安が漲《みなぎ》っていた。しかし、こうした憔《しょう》悴《すい》の村の中で、その為す所に如何なる変化も看《み》られぬ者が、私の知る限りで唯《ただ》二人だけ在った。それが、ピエェルとジャンとであった。ピエェルは総《すべ》てを知った上で、ジャンは何事をも解さぬ儘《まま》に。そして、この二人の間でギョオムが右往左往していた。ギョオムも亦《また》、ピエェルに対しては変らぬ忠実さを示していたが、其処《そこ》には尚《なお》以前にも増して卑屈さが滲《にじ》んでいた。

ギョオムは事後幾度か酒場を訪《と》うている。そして、その都度頗《すこぶ》る嘲罵《ちょうば》せられて、中に入ることだに協《かな》わず踵《きびす》を返しているのである。以前に看られたような憚《はばか》りは、村人の間には既に無い。侮蔑《ぶべつ》の念はその儘残酷な詞《ことば》となり、唾《つば》を吐き掛けるようにして嘲笑《ちょうしょう》が浴びせられていた。私は、ギョオムに同情せぬでもなかった。今では日々の粮《かて》にも窮し、ピエェルより預る僅《わず》かの食費を誤魔化しながら、辛うじて暮しを立てている。ピエェルはそれを黙許している。気附いてはいながら、知らぬ風《ふり》をしているのである。が、云うまでもなく、ギョオムが仍《なお》ピエェルの許《もと》を離れぬのは、啻《ただ》に狡猾《こうかつ》な算段にのみ因《よ》っているのではなかった。少なくともピエェルは、外の村人達のようにギョオムを邪慳《じゃけん》に扱うことをしなかったからである。勿論、厚遇することもなかったが。そして私は、却ってその事をこそ痛ましく思うのである。

……

さて、その日は聖母マリアの被昇天の祝祭前日であった。両性具有者《アンドロギュノス》の捕縛より、日を閲《けみ》すること纔《わず》かに一月許《ひとつきばか》りである。

明け方浅い眠りから覚めると、私は衣服に纏《まと》わる藁《わら》を払って外へ出た。

暁色《ぎょうしょく》は何時になく澄んでいた。久しく見なかった虹を前にして、私はふと嘆息した。泥濘《ぬかる》んだ足下が、妖《あや》しく煌《きら》めいている。視線を巡らせば、腐った冬麦と、打《う》ち遣《や》られた重量有輪犂《カルカ》とが見える。……

数日前、審問の為に永らく司牧の職から離れていたジャックが村を訪れた。これを迎える村人達は、殆《ほとん》ど預言者の来訪を歓《よろこ》ぶが如き態《てい》であった。ジャックは、彼等に向かってこう告げた。魔女は終《つい》に自らの罪を告白した。因《よ》って、径《ただ》ちに焚刑《ふんけい》に処せられるべきである。刑の日時は改めて知らせるが、場所は懼《おそ》らくは村の北西の原野となるであろう、と。

その処刑の日が、即《すなわ》ち今日であった。

逮捕から裁判を経て処刑に至るまでが、斯《かく》も迅速に行われるは奇とすべきであった。これは、過去の記録に徴《ちょう》してみても、又、私が後に知る所に拠《よ》っても、異例のことである。理由は詳《つまびらか》にしない。しかし、それに村人達の執拗《しつよう》な歎訴《たんそ》が手伝っていたことは殆ど疑を容れぬであろう。

魔女に向けられた彼等の憎悪《ぞうお》は、冬麦の収穫が最早《もはや》絶望的であると伝わった頃より、更に日毎に募っていった。それは丁度机上の埃《ほこり》が玉になってゆくように、何時となく実体もなく膨らんでいた。彼等は妄説の創出に明暮れた。或る者は、知る筈《はず》もない両性具有者《アンドロギユノス》の生立《おいたち》を語り、別の者は、それに両親に関する逸話を挿《はさ》んだ。捕縛以前、屢《しばしば》村を訪れては家畜の類《たぐい》を攫《さら》って行ったと云う者も在る。川に毒を盛ったと云う者も在る。

他方で、ピエェルとの関係を云う者も少なくなかった。両性具有者《アンドロギュノス》がピエェルを訪《と》うのを見たと云う者、それがピエェルの婦《つま》であると云う者、女《むすめ》であると云う者、息《むすこ》であると云う者。……しかし、こうした許多《あまた》の風説の中で、私は終にピエェルが森に出入していると云うのを聞かなかった。彼等は固《もと》より両性具有者《アンドロギュノス》とピエェルとの間に存する聯絡《れんらく》を知らず、夫々《それぞれ》を個別に疑ってゆきながら、妄想の裡《うち》に両者を結んでしまったのである。私の疑念はその関聯《かんれん》より出発した。彼等は云うなれば其処に逢着《ほうちゃく》したのである。

風説は一つに定まることなく、互いに矛盾した幾つもの話を生んだ。村人等はこれを怪しまなかった。食違えば、別の話を以て繕《つくろ》うまでのことである。

私は幼時に聞いた出典の知れぬ或る訓話を思い出した。その中身はこうである。或る所にひとりの頗《すこぶ》る不信心な男が居た。この男は悪魔に指嗾《しそう》せられて次の如きを信ずるに至った。即ち、人々の不信心に憤《いきどお》った神が、七日の後、天より牡牛《おうし》三頭分程もある巨大な岩を、四十日四十夜に渡ってこの地に降らせ続けると云うのである。悪魔の続けて云うには、その為に、お前は今日からそれに耐え得るだけの石の小屋を建てねばならない。小屋には、お前一人が這入《はい》れれば好《よ》い。何故《なぜ》なら、既にして時間が無いのだし、抑《そもそも》小屋と云うものは、大きい程脆《もろ》いものだからである。四十日間の食料は日毎己《おれ》が運んでやろう、と。男は教えられた通りに慌《あわ》てて小屋を建て、屋根の上には奈何《いか》なる岩の雨にも毀《やぶ》れぬようにと能《あた》う限りの石を積んだ。さて七日の後に、男は恟々《きようきよう》として小屋の中で岩の降るのを待った。しかし、幾ら待っても岩は降って来ない。悪魔はこれを見ながら北叟笑《ほくそえ》み、地底より地面をほんの少しだけ揺った。男は自分で積んだ屋根の石に押し潰《つぶ》されて死んでしまった。――私はこの話が、存外多くの真実を含んでいるのに心附いた。そして、村人は将《まさ》に今、自ら頭上に築いた妄想に潰されむとしているのである。

……ジャックが両性具有者《アンドロギユノス》と数名の他の審問官、それに官憲の者と審問所に召喚せられていたユスタスとを倶《ぐ》して村を訪れたのは、正午を稍《やや》過ぎた頃である。前《さき》に告げた通り、処刑は北西の原野で行われることとなった。刑場の側には小川が通っている。魔女は灰となった後に、径《ただ》ちに此処《ここ》へ流されるのである。これは未《いま》だ捕えられずに潜伏していると云われる他の魔女達が、燃え残った灰を集めて悪用せむとするを防ぐ為らしい。――蛇足ながら附して置けば、刑場は村の中心の橋を挟んで、件《くだん》の洞窟《どうくつ》とはほぼ対称の位置に在る。これは後に発見したる所である。

　さて、知らせを受けた村人達は、直様挙《すぐさまこぞ》って刑場へと向かい、火刑柱と杉形《すぎなり》に積み上げられた多量の薪束《まきたば》とを囲んだ。その中には舎《やど》の主《あるじ》の姿も看える。ギョオムとその婦との姿も看える。その外、村人の大半は顔を揃《そろ》えている。家に残っているのは懼《おそ》らく病臥《びょうが》の者位であろう。

　村人達は互いに挨拶《あいさつ》を交し、切《しき》りに今日の処刑を悦《よろこ》び合っている。一方で哈《わら》い声が起るかと思えば、今一方からは魔女に対する怨言《えんげん》が聞えてくる。憫察《びんさつ》する者は無い。その逮捕以前に看《み》られた村人間の争いは翳《かげ》を潜《ひそ》めて、今では如何なる些《さ》細《さい》な忿《ふん》恚《い》も皆悉《ことごと》く魔女へと向けられるようになっている。彼等は魔女に対峙《たいじ》するを以て、不思議な連帯感に覚醒《かくせい》していた。しかもそれは、彼等自身が嘗《かつ》て知らなかった程の頗《すこぶ》る堅固なものであった。

　私は村人達の様子を暫《しばら》く眺めていた後に、火刑柱を見上げ、蒼穹《そら》を見上げた。雲は一片だに無く、風も吹いてはいない。冷害の故《ゆえ》に、この時期にしても暑さは一向に気にならない。心成しか、蟬《せみ》の声が遠くに聞こえる。うっかりすると、欠伸《あくび》の出そうな位である。――それは殆どのどかとでも形容したい程の蒼穹だった。

ふと、私の耳を、前で喋《しゃべ》る村人の詞《ことば》が掠《かす》めた。

「おい、向かいを見てみろ、……ピエェルだ、……錬金術師のピエェルだ。」

私は男が指《ゆびざ》している方を見遣《みや》った。喧騒《けんそう》に湧《わ》く人垣の奥から、深々と黒い頭巾《ずきん》を被《かぶ》ったピエェルの顔が覗《のぞ》いている。

隣の男は頷《うなず》いた。

「ああ、間違いない、ありゃピエェルだ。」

「しかし、驚いたな。」

「まったくだ、あの偏屈爺《へんくつじじい》でも、やっぱり気になるもんかね。」

「そうだなァ。」

すると、又別の男が口を挿んだ。

「そりゃそうさ。次は我が身だからな。」

この時、俄《にわ》かに人の垣が響動《どよ》めいて、その一箇所が左右に分れた。途《みち》が開いた。

「……魔女だ！」

溜息《ためいき》ともつかぬ呟《つぶや》きが方々で洩《も》れた。

傍らには刑吏《けいり》が附添い、奥にはジャックが控えている。引き立てられた者は、彼等の足下に乱暴に投げ打たれた。――疑うべくもなく、それは、地中で認めた両性《アンド》具有者《ロギュノス》であった。

私はその倫閑《あからさま》な拷問《ごうもん》の跡に駭惋《がいわん》した。両性具有者《アンドロギュノス》は薄い衣を腰のまわりに一枚纏《まと》って、巨大な豸《むし》のように這《は》っている。起上がらむとして身を顫《ふる》わせても、その都度失敗し地に伏してしまう。四肢は悉《ことごと》く脱臼《だっきゅう》し奇妙に捩《ねじ》れ、両足は肉塊の如《ごと》く潰《つぶ》れている。爪《つめ》は一枚だに残っていない。頭髪は都《すべ》て剃落《そりおと》され、薔薇《ばら》と尾を嚙《か》む蛇との冠も失われている。鬱金《うこん》に耀《かがや》いていた膚《はだ》は、無数に穿《うが》たれた針の痕《あと》に化膿《かのう》し、裂けた

□

肉は翻《ひるがえ》って華弁のようにその内部の緋色《ひいろ》を曝《さら》している。云《い》うなればそれは生ける屍体《したい》であった。私はジャックの所謂《いわゆる》「魔女は罪を告白した」との詞《ことば》を信じなかった。両性具有者《アンドロギユノス》は唯《ただ》の一語だに発しない。この奇妙な生き物には、固《もと》より霊など宿ってはいないのである。斯《か》かる者が奈何《いか》にして言葉を用いると云うのであろうか。奈何にして懺悔《ざんげ》すると云うのであろうか。それは、独り肉体しか有さなかった。肉体しか有さぬが故《ゆえ》に、唯《ただ》肉の原理に因《よ》ってのみ生き続けるのである。故に、その死は生と無礼な程に親しかった。死の後に訪れるべき腐爛《ふらん》は、それを待ち敢《あ》えずに無邪気に生を訪《と》うた。生はそれを容《い》れたのである。

ひとりの男が石を投げた。これを合図とするかの如く、村人達は一斉に石を拾って投げ付け始めた。

罵声《ばせい》が飛び、怨言《えんげん》が飛んだ。一投を報いた者は、仍《なお》飽き遣《や》らずに二投三投と続け様に放った。足下に石の無い者は、虚《むな》しく草を毟《むし》って投げた。肉を撲《う》った色々の石は、周囲に零《こぼ》れて、蟻《あり》の群のように氾《ひろ》がっていった。

軈《やが》て拳《こぶし》程もある一つの石が、両性具有者《アンドロギユノス》の額《ひたい》を割った。
石は已《や》んだ。だがこれは憐憫《れんびん》の故にではなかった。その刹那《せつな》に始《はじめ》て擡《もた》げられた両《アン》性具有者《ドロギュノス》の面には、瞬《みひら》いた星眼が熒々《けいけい》と赫《かがや》いていたからである。右の睛《ひとみ》は翠玉《すいぎょく》の如き緑色、左の睛《ひとみ》は紅玉の如き緋色である。村人はその異様さに驚懼《きょうく》し、凝然《ぎょうぜん》として立ち尽くしてしまったのである。

私は石は投げなかった。しかし、この時覚えた戦慄《せんりつ》は、村人達のそれと何等違《たが》う所が無かったであろう。私も亦《また》、その睛《ひとみ》を眼にしたのは初めてであったからである。それは或《あ》る侵し難い硬質さを、磨き出された宝玉の如き光を帯びていた。宝玉がその純粋さの故に終《つい》に何物をも裡《うち》に孕《はら》まぬように、両性具有者《アンドロギュノス》の双眸《そうぼう》は、何物をも映さず、何物をも容れず、認識を不思議に拒絶し、唯認識せられることのみを欲していた。人はこれに慄然《りつぜん》とした。彼等は云うなれば、百の投石に対して、纔《わず》かに一投を以《もっ》て返報せられたのである。そしてそれは、遍《あまね》く村人等の眸子《ぼうし》を射貫き、深奥《しんおう》に達して、呑《の》み込まれた鏃《やじり》のように肉の下から痛みを発し始めた。彼等の裡なる苦痛と結び合い、恰《あたか》もそれが遥《はる》か以前から宿命的に備わっていた痛みであるかの如く。その苦痛は、原罪のそれに似ていた。彼等は最早《もはや》魔女に対峙《たいじ》することを得なかった。苦痛は与えられたのではなかった。云わば、蘇ったのである。

それは、私とて例外ではなかった。然《さ》れど、我々をして真に絶望せしめたのは、寧《むし》ろ次の刹那であっただろう。

この時、両性具有者《アンドロギユノス》の醜怪な肉体からは、馥々《ふくふく》と郁氛《いくふん》が立昇ったのである。

馨香《けいこう》は忽《たちま》ちにして人々を懐《ふところ》に抱《いだ》いた。それは、華にだに譬《たと》えること能《あた》わぬ程の高潔でやさしく、懐《なつ》かしいものであった。人々は惑乱して、掌中の石を隕《おと》した。斯《かく》も美しい香は、独り聖女にのみ相応《ふさわ》しいものと思われたからである。

私は瞬時に、音に聞えた蘇卑提《スヒイダム》のリドヴィナの逸話を思い出した。彼女の蛆《うじ》に蝕《むしば》まれた肉体からは、やはり芳香が漂い、加之《しかのみならず》膿汁《のうじゅう》からも吐瀉物《としゃぶつ》からも糞便《ふんべん》からでさえも馥気《ふくき》が放たれていたと云うのである。一体私は、リドヴィナが真に聖女であったのか否《いな》かは知らない。しかし、有り得ぬこととは識《し》りつつも、主のひとり子より外に自らの肉を以て人々の罪を贖い得る者が在るのだとすれば、或いはこの両性《アンド》具有者《ロギュノス》の腐爛した肉体こそは、我々の罪の深さの顕現ではあるまいか。永らく我々が眼を背け続けてきた、最も堪《た》え難い罪の顕現ではあるまいか。——私は斯《かく》疑うことを禁じ得なかった。

馨香《けいこう》は猶《なお》しも募っていった。これまで村人の為《な》す所を目守《まも》っていたジャックは、俄《にわ》かにその気色を変じた。そして、打顫《うちふる》える声を発して刑吏の者に疾《と》く魔女を刑架に縛《いまし》めるようにと命じた。

数人が火刑柱に寄せた梯子《はしご》を登った。柱は森より採られたものである。獣の眼球のような七つの大きな節の在る焦《こ》げた土色の大木で、その頂きに十字架が彫《え》られている。丈は頗《すこぶ》る高い。曲折を知らずに天を指して真直《まっすぐ》に延びている。私は、切倒された枝を折られたこの柱に、不思議と今仍《いまなお》生命の宿りを感じた。それは丁度、これから此処《ここ》で炮殺《ほうさつ》せられむとする者とは反対に、生が死の一点を乗り越えて、死に続ける物質に遊んでいるかのようであった。

両性具有者《アンドロギュノス》は、鉄鎖を以てその上方に東向きに結えられた。

薪束《まきたば》があらたに、足下に迫る程堆《うずたか》く積まれた。

——執行の準備はほぼ此処《ここ》に尽きた。

ジャックは、人垣の内に入《い》って説教を始めた。それが畢《おわ》ると、異端放逐に協力を誓うと云うかたちで村人に宣誓が求められ、皆はこれに「アァメン」と和して応《いら》えた。

此処に至って、ジャックは漸《ようや》く判決文の朗読を始めた。説教を含めてこれらの手続は本来は魔女を刑架に掛ける以前に為されるべきであったが、立罩《たちこ》めた芳香に動揺した村人達を看て、ジャックはその順序を入れ変えたのである。それが、手違に因るのか、或いは敢えてそう為したのかは解らない。しかし兎に角、刑架に縛められた魔女を前にして、村人達は、混乱の中にも再度それを悪として認識せむとし始めていた。彼等の面には、復憎悪《またぞうお》の色が萌《きざ》していた。

異端者への判決文は次の如き一文を以て始められた。

「我々は当地に於《おけ》る明白に魔術の為業《しわざ》と看做《みな》し得る種々の災厄を起せし者として起訴せられた被告に就き、村人の証言、証拠、更には本人の自白を悉《ことごとくし》仔細《さい》に閲《けみ》し、判断した結果、被告は、唯一《ゆいいつ》の創造主たる神を冒瀆《ぼうとく》し、教会を否定し、聖書を蹂躪《じゅうりん》し、愚かなる異教の邪神を奉じて悪魔と淫《みだ》らな契《ちぎ》りを結んだと云うことに意見の一致を看た。」

続いてジャックは、悪魔との契約の儀式、家畜を死に至らしめた術の方法、疾恙《しつよう》を蔓延《まんえん》せしめた術の方法、甚雨を降らせた術の方法等に関して、逐一言及していった。そして更には、獣姦《じゅうかん》の罪、男性夢魔との交りと云った事柄に就いても憚《はばか》ることなく論じた。

朗読が進むにつれ、ジャックの口吻《こうふん》は漸《ようよ》う激越な調子を帯びてゆき、それに煽《あお》られるようにして、村人の間にも感情の昂《たか》ぶりが看られた。

「……これら憎むべき、そして哀れむべき言語道断の大罪は、全能にして一なる神に対して為された汚穢《おわい》に外ならぬ。……我々は、主なる耶蘇《イエス》と聖母マリアとの御名《みな》に於て、被告は真の背教者であり、獣姦せし者であり、魔術師にして殺害者、悪魔礼拝者にして瀆神《とくしん》家、そして、創造主の生み給《たま》いしこの世界の秩序を、徒《いたずら》に乱さむとする魔女であると判断し、此処に慥《たし》かにそれを宣告する。これに由《よ》り、我々は被告を、国家の然《しか》るべき裁判権の執行人に引渡すこととする。執行人は須《すべから》く被告に対して生きた儘焚刑《ままふんけい》に処するを告げるべきであろうが、我々は猶《なお》主の慈悲深さを信じて、寛大なる処置の為されむことを欲する。」

判決が下されると、人垣の中からは喝采《かっさい》にも似た鬨《とき》が上がった。そして、是非とも生きながらに刑に処せられるようにと云う嘆願が、煮湯に水泡の生ずるが如く此《こ》処《こ》彼処《かしこ》から沸き立った。

村人達の思いは、障碍《しょうがい》も無く容《い》れられた。固《もと》より既に、両性具有者《アンドロギュノス》は刑架上に在る。あとは只《ただ》薪に火が放たれるのを待つ許《ばか》りである。

命令が下され、数人の刑吏が四方より火を点じた。

□

……縄の編まれゆくように、煙は細い幾条かの線と成って静かに昇り始めた。風は無い。蒼穹《そら》は澄んでいて、烟影《えんえい》は、その彼方《かなた》を指して僅《わず》かに揺《ゆら》めいている。太陽は高く、人々の翳《かげ》は、その躰《からだ》から不意に漏れてしまったかのように、足下に小さな沁《しみ》となって溜《たま》っている。徐《おもむろ》に其処《そこ》より静寂が勃《おこ》ると、ふと飛び立って燕《つばめ》のように人の唇頭《しんとう》から言葉を掠《かす》めていった。声は已《や》んだ。咳《しわぶき》一つだに残らなかった。沈黙が吐息を呑《の》んで硬化してゆき、人の合間を領して、刑柱を囲む垣を緊《かた》く縛《いまし》めていった。

垣は測ったかの如《ごと》く精確な円を成している。人々はその眼に見えぬ円の線からは一歩も中に入ることなく、然《さ》りとて退くこともない。幾重にも折り重なりながら、その裡《うち》なる一領域だけは決して侵されぬ空間を形造っている。
漸《ようよ》う薪《まき》の裂ける音が聞こえ始め、続いて樹液の沸立つ音が聞こえて来る。煙の量が増した。編まれた縄が、少しずつ上から解けてゆくようである。両性具有者《アンドロギュノス》の放つ郁氛《いくふん》は、木の焼ける匂《にお》いと熔《と》け合い、不思議に淫《みだ》らな香りへと転じて辺りに漂っている。林檎《りんご》の実が甘く焦《こ》げたような匂いである。薪束の底は緋《ひ》色《いろ》に膨らんでいる。薪の隙《すき》からは小さな焔《ほのお》が鼠《ねずみ》のように出入している。人は皆息を呑んだ。薪の中には、随分と若いものが混っていて、それが為《ため》に燃え立つまでに時間を要しているらしい。白昼の焔は薄く、その熱は鬱律《うつりつ》たる煙を縫って流れ隕《お》ちる清水の面紗《ヴェイル》のように向かいの人の像を歪《ゆが》めて見せている。やはり、誰も口を開こうとはしない。黙して唯《ただ》目守《まも》っている。恰《あたか》もその注視する眼指を以《もっ》て、薪が熱せられてゆくようである。

この沈黙を、ユスタスの咳払《せきばら》いが纔《わず》かに濁した。私はちらと彼を見遣《みや》った。酔眸《すいぼう》は赭《あか》く潤《うる》んでいて、打顫《うちふる》える口唇《くちびる》に唾液《だえき》が溜っている。この男も、受刑者を見むとする様は他の村人達と変る所が無い。寧《むし》ろ、彼等以上に熱心な視線を注いでいる。その右の傍らにはジャックと刑吏の者とが立っている。左には、件《くだん》の三人の女が見える。

暫《しばら》くすると、少しく刑架下《けいかした》の様子が変ってきた。樹液が蒸発し果ててその音《ね》が聞こえなくなり、煙が紛紜《ふんうん》と溢《あふ》れ出した。烟影《えんえい》は先程とは殊《こと》なる濁った黒い色をしている。細風の戦吹《そよふ》く度に、薪の山が幽《かす》かに紅潮する。焔は知らぬ間に、内部で肥《ふと》っていた。恰《あたか》も一個の飯櫃《いびつ》な生き物であるかの如《ごと》く。火は時折素早く触手を伸してみては、外に積まれた薪を摑《つか》み、己《おの》が腹中に収めむとする。しかし、その多くは成功しない。徒《いたずら》に幾条かの不吉な跡を残すのみである。すると、突然癇癪《かんしゃく》を起したように、二三の小さな薪を吹き飛ばしたりする。焔は俄《にわ》かに勢い附いていった。間歇《かんけつ》的に鳴っていた薪の破裂する音は、次第に絶え間なく、降り始めの驟雨《しゅうう》が地を撲《う》つように、続け様に響き出した。木片が、幾つも周囲に零《こぼ》れている。これらも破裂の際に飛ばされたものである。

人垣の裡では、刑架を伝って湯が注がれゆくように、底から熱が昇って来る。両《アン》性具有者《ドロギュノス》は、俯《うつむ》いて稀《まれ》に身を捩《よじ》る許《ばか》りで、呻《うめ》き声だに発しない。その気色も変らない。熱は既にして我々の許《もと》にも達《とど》いているから、それを感ぜぬことはないであろう。村人達は皆額《ひたい》に汗を浮かべている。――然れば、何故《なにゆえ》であろうか。何故に両性具有《アンドロギュ》者《ノス》は苦しまぬのであろうか。苛烈《かれつ》な拷問《ごうもん》を受けた為に、感覚が麻痺《まひ》しているのであろうか。或《ある》いは、固《もと》より苦痛と云《い》うものを知らぬのであろうか。……

村人等も亦《また》、これを不審に想《おも》うらしく、眉《まゆ》を顰《ひそ》め頻《しき》りに頸《くび》を傾《かし》げたりしている。

此処《ここ》に至っては緘黙《かんもく》を毀《やぶ》り、隣の者と私《ひそ》かに詞《ことば》を交す者も在る。就中《なかんずく》、ジャックは頗《すこぶ》る苛立《いらだ》っている風で、幾度も刑吏を呼び附けては、何か知ら指示を与えている。刑吏はその都度大仰に否定するような為草《しぐさ》を見せる。遣《や》り取りの内容は解《わか》らぬが、刑吏の困惑した顔からその凡《およ》その所は推察せられる。兎《と》に角《かく》、刑吏が為にも解らぬのである。

視線を巡らせる中に、ゆくりなくもピエェルの姿が映じた。頭巾《ずきん》の翳《かげ》に隠れて、その気色を明かに窺《うかが》うことは協《かな》わぬが、ちらと現れたる頬には、常と変らず如何《いか》なる情念の痕《あと》も看《み》られない。村人の騒立《さわだち》を余所《よそ》に、外套《がいとう》に身を包んで独り言無く刑の様を目守っている。……

人々の動揺は、次第にありありと色に現れてきた。顔に許《ばか》りではない。訣《わけ》も無く矢鱈《やたら》と躰を掻《か》いてみたり、足を擦り合せてみたりと、その奇矯な為草《しぐさ》にも見えている。彼等は唯魔女の死ぬことだけを祈っている。その能《あと》う限り無残な死を願っている。しかしその一方で、ともすれば、それは協《かな》わぬことではあるまいかと云う不安を抱いている。初めてこの魔女を眼にした時から、誰しもがこれが尋常ならざる生き物であると云うことを知っていた。知ってはいたが、敢《あ》えてそれを魔女だと断言してきた。否《いや》、寧ろ知っていたからこそ、そう信じむとしたのである。それが、刑場に運ばれて来た魔女の姿を視《み》て、今一度初めの疑念の生ずるのを覚えた。そして今、刑架上のそれを瞻《み》て、最早《もはや》その思いを禁ずるを得なくなったのである。

火は漸《ようや》く受刑者の足下に迫っていた。気が附けば、何時《いつ》しか薪束の山からは焔が噴き溢れていて、その表面を緋毛氈《ひもうせん》の如く覆《おお》っている。煙は濃くなった。それと倶《とも》に、ゆらめきながら絶えず火の粉が昇っている。炭《すみ》となった薪の中には、既にして雪髪の萌《きざ》したものもある。が、火勢は衰えず、却《かえ》って熾《さか》んになる許《ばか》りである。

――この時突然、両性具有者《アンドロギユノス》は身を大きく痙攣《けいれん》させた。村人は瞠目《どうもく》した。躰が揺れた際に、腰に巻かれた衣《きぬ》が隕ちて、刑架の上に陽物が露《あらわ》になったからである。

これと殆《ほとん》ど同時に、村人のひとりが叫んだ。

「太陽だ！」

一同は蒼穹を見上げ、初めてその異変に気が附いた。先程まで何事もなく赫《かがや》いていた筈《はず》の太陽が、ゆっくりと端から黒い翳に侵され始めたのである。それは雲ではなかった。太陽とそっくり同じ形《なり》をした黒い翳、今一つの黒い太陽。――日蝕《にっしょく》である。

村人の面《おもて》に俄かに怯怖《きょうふ》の色が挿した。彼等が為にはこれは妖孼《ようげつ》と映ったのである。

地上では、次いで雷鳴の如き音と倶に焔が騰《あ》がり、それが両性具有者《アンドロギユノス》の遍身《へんしん》を呑み込んだ。火の粉が閃々《せんせん》と舞い、煙塵《えんじん》が視界を霞《かす》めた。私は覚えず顔を伏せた。熱は溢れ出して、濤瀾《とうらん》のように打ち寄せ、我々を刑架より遠ざけむとする。少しく人の輪が広がる。私も亦《また》二三歩退き、其処《そこ》で辛うじて面を上げることを得た。再度《ふたたび》焔が下に鎮《しず》むと、眼前に現出した両性具有者《アンドロギュノス》は、その焦げた肉体を刑架の上で激しく波打たせ始めた。膚《はだ》は金属の如き黒色に変じ、僅かに艶《つや》を帯びている。人垣は鼎沸《ていふつ》した。火は熟れ過ぎた柘榴《ざくろ》の実のように、紅《くれない》に色着き、裡《うち》より膨脹する力に抗し得ずして、幾度と無く張裂ける。流血のように緋色が迸《ほとばし》って、暗がりの中に、それが一際《ひときわ》けざやかに見える。

太陽は猶《なお》しも蝕《むしば》まれ、昊《そら》は突然の闇《やみ》の予感に顫えている。北から風が吹き始めると、南からも同様に起って、刑架に於《お》いて交り、煙焰《えんえん》を伴って上方に昇った。

火勢は一層熾烈《しれつ》になった。

火は終《つい》に受刑者を領した。肉体は顫《ふる》え悶《もだ》えている。しかし、その苦痛は標怒《ひょうど》する焔の故《ゆえ》とは映らない。その熱の故とは映らない。寧ろそれは或る超越の契機を予告している。云わば、昊《そら》へと向けて掲げられた、彼方《かなた》への指《ゆび》しであった。

両性具有者《アンドロギュノス》は驟然《しゅうぜん》と顎《あご》を突き出し、双眸《そうぼう》を天へと向けた。頚領《けいりょう》を走る血脈が、頭を落とされた蛇のようにうねって額《ひたい》より流れる一条の血痕《けっこん》と絡《から》み合っている。刑架が揺れた。受刑者の面には上昇の意思が閃《ひらめ》き、灼爛《しゃくらん》の肉体は皓《しろ》い耀《かがや》きを放っている。

轟音《ごうおん》が鳴り響いた。続いてその陽物が勃然《ぼつぜん》と起り、独り奇矯な痙攣を始めた。刹那《せつな》に、復《また》何者かの叫喚に導かれて我々は天を仰瞻《ぎょうせん》した。——その光景は魘夢《えんむ》と云うより外無かった。西の昊《そら》に忽焉《こつえん》と現れたのは、嘗《かつ》て村人等を狂躁《きょうそう》に至らしめた、彼《か》の巨人の姿であった。

私は眼を疑った。巨人は風説に云う如く男女の二体で現れ、獣のように背後より交りながら、闇に沈まむとする昼漏《ちゅうろう》の昊《そら》に曖々《あいあい》として浮かび上っている。その巨大さは、料《はか》り知れない。流汗煌然《こうぜん》たる男の体軀《たいく》は、波濤《はとう》のように幾度も襲う。女はそれを呑む。劇《はげ》しさは、昊《そら》をも軋《きし》ませむ許りである。律動は雲を毀《やぶ》り、山野を響かせた。私はそれを耳を以て聴いたのではない。音は云わば、肉体の奥より、その最も暗い深淵《しんえん》より発していた。そして、心拍が奈何《いか》に昂《こう》じようとも、その一打々々だけは、金輪際《こんりんざい》変わらぬ、不気味な緩としたうねりを以て続くのである。三度《みたび》、雷鳴に似た轟《とどろき》が起った。

肉の鎚《つち》は、互いの一個性を砕かむとするかの如く、更に激しく深く入った。それは恰も、肉体が結び合う為には、肉そのものを越えねばならず、肉を伴った儘《まま》、肉を貫き、肉の彼方へと赴かねばならぬかのようであった。

村人の間には、錯乱が萌していた。既にして失神した者が在る。荐《しき》りに十字を切る者も在る。又、処刑の中止を繰返し訴える者も在る。ユスタスは、激しく打顫《うちふる》えながら、多量の涎《よだれ》を吐き出している。その傍らでは、三人の女達が、各《おのおの》の上着《コット》を引き裂き、露《あらわ》になった乳房を鷲摑《わしづか》みにしながら、髪を振り乱して幾度も頭を振っている。

太陽は、将に月の翳《かげ》に入らむとしていた。闇に映える熇々《こくこく》たる焔は、此処《ここ》に至って受刑者を焚滅《ふんめつ》せむと愈熾《いよいよさか》んに燃え上がった。

立ち尽くす私は、この時人垣を分けて環《わ》の中に走り出たひとつの影を認めた。視《み》れば、ジャンであった。ジャンは、村を訪《と》うて以来初めて私の前で鞦韆《しゅうせん》から降り、地上に立ったのである。私は喫驚《きっきょう》し、猶且《なおかつ》或る感動を以てその姿を眺めた。何故と云うに、少年の顔には、この瞬間慥《たし》かに意思らしいものが現れていたからである。それは、行為せむとする意思であり、目的を遂げむとする意思であった。虚無的な遊びは畢《おわ》り、運動は一つ所を指していた。此処に至って、矢は漸《ようや》く放たれむとしていたのである。……如何《いか》にも、私は感動を以て眺めた。しかし、その感動は断じて慈愛に因《よ》るのではなかった。云うなれば、私はその姿に救いを感じたのである。

——だが、こう思った次の刹那、ジャンの不毛に穿《うが》たれた暗い小さな穴からは、ものに憑《つ》かれたような狂的な哄笑《こうしょう》が、肉を破るが如く噴出したのであった。

両性具有者《アンドロギュノス》は失われゆく太陽の如《ごと》、燦爛《さんらん》と赫き、人皆を眩暈《げんうん》せしめた。光は発せられ、同時に流入した。矛盾に満ちたこの肉体は、今こそありありとその相容《あいい》れぬ各《おのおの》の質を際立《きわだ》たせ、慥《たし》かめながら、それらを微塵《みじん》も損なうことなく、一つに結ばむとしていた。肉体は緊張し、且驚鴻《きょうこう》として爽《さわ》やかであった。屹立《きつりつ》する陽物は、更に劇しく痙攣した。それは正に、飛立たむと欲して双翼を羽搏《はばた》かせながら、猶《なお》も地に繋《つな》ぎ留められ身悶えする鷙鳥《しちょう》のようであった。

そして、太陽は終《つい》に月と結ばれた。刹那に陽物は精液《スペルム》を以てそれを射た。陰門を顧ず、宙《そら》へと向けて放たれた涓滴《けんてき》は、焔を映じて緋色に赫《かがや》き、我々と両性具有者《アンドロギュノス》との間に煌《きら》めき渡る虹《にじ》を現出せしめた。精液《スペルム》は猶も溢れた。肉体はそれを虚《むな》しくしなかった。迸《ほとばし》る白濁の雫《しずく》は陽物を伝って流れ隕《お》ち、左右に分れ陰嚢《ふぐり》の奥に入って、陰門と出逢《であ》い内部に流れ込んだ。

私は焔《ほのお》の彼方の肉体を目守った。懐かしいそれを目守った。我々を分かつ熱気を越え、有らゆる方向からそれを目守った。立罩《たちこ》める匂いを嗅《か》ぎ、燃え尽きむとするその音を聴いた。狂おしく愛撫《あいぶ》した。私は其処《そこ》に帰らむとしていた。何時《いつ》しか熱は私を侵し始め、私は見ながらにして見られ、自ら匂いを放ち、皮膚が音を立てて燃上がるのを感じた。肉は破裂し、一層慥《たし》かに結び合った。私は焚刑《ふんけい》に処せられていた。その苦痛に喘《あえ》ぎ、快楽に酔っていた。私は僧であり、猶且《なおかつ》異端者であった。男であり、女であった。私は両性具有者《アンドロギユノス》であり、両性具有者《アンドロギユノス》は私であった。赤芒《せきぼう》に満たされた。火柱となって天壌《てんじよう》を貫いた。光は遍《あまね》く世界を照射して、質料を越え形相を顕現せしめ、物質を慥《たし》かに存在せしめた。その時世界は何と美しく、何と生々《いきいき》と赫《かがや》いたことか！ 起るべき運動は悉《ことごとく》この瞬間に起り、過去の運動は、この瞬間に於て無限に繰返された。渾《すべ》ては永遠に予感せられ、起り、懐古せられたのである。霊は肉を去らむとするほどに、益《ますます》深く肉の奥に入った。私の霊は肉と倶に昇天し、肉は霊と倶に地底に降りた。肉は霊と熔け合った。私は世界の渾てを一つ所に眺め、それに触れた。世界は私と親しかった。私は世界を抱擁し、世界は私を包んだ。内界は外界と陸続きになった。同じ海になった。世界が失われて私が有り、私が失われて世界が有り、両《ふた》つながらに失われ、両つながらに存在した。唯一つ存在した！

……そして、私は将《まさ》に到《とど》かむとしていた。……何に？……光に、……目映《まばゆ》く巨大なる、この光に、…………遥《はる》か彼方より発して、尚《なお》至る所にその源を有するこの溢れる光に、…………………………光、………………………即《すなわ》ち、………………………………………………………………………………………………………

…………………………………………………………………………………………

…………………………………………………………………………………………

………………………………………………………………………………………

・ ・ ・ ・ ・ ・

□

……幾許《いくばく》を経たのかは解《わか》らない。

気が附けば、刑架上に両性具有者《アンドロギユノス》の姿は無く、巨人の幻影も消え、太陽はその完《まつた》き円の儘《まま》、蒼穹《そうきゅう》の彼方《かなた》に赫曄《かくよう》と懸《かか》っていた。

村人は皆、茫然《ぼうぜん》自失の態《てい》で立ち尽くしている。未《いま》だ放心の者も在る。ジャックやその倶《とも》の者等ですら、口を開いて焼け残った刑柱を眺め遣《や》る許《ばか》りである。

そして、独りユスタスのみが、地に伏して激しい嘔吐《おうと》を繰り返していた。

ジャンの姿は消えていた。何処《どこ》を見回しても、その影だに無い。私はふと、抑《そもそも》此処《ここ》にはジャンなど居なかったのではと疑ってみた。錯乱した記憶の中に幽《かす》かに残ったその姿が、朧《おぼろ》な幻の如《ごと》く思われたからである。……あの少年が、地に降り刑の様を看《み》むと此処に足を運んだと云うのか。唖《おし》の口より音を発したと云うのか。……

しかし、それ以上考えることはしなかった。

漸《ようよ》う意識の覚めゆく村人等が、途方に暮れて、救いを求めるようにジャックを顧た。

ジャックは、これが為《ため》に我に帰って、

「刑架の下を調べなさい。……或《ある》いは鎖が緩んで、地に隕《お》ちてしまったのかも知れない。……魔女の肉は一片たりとも、否《いな》、その毛の一本に至るまで、遺《のこ》してはならぬのです。……さァ。」

促されて、数人の刑吏が未《ま》だ燻《くすぶ》っている薪《まき》の小山に近附いた。

「……有りません。灰ばかりです。」

刑吏は退いた。次いで、ジャックが自らそれを撿《けみ》せむとした。と、その時、群衆の中から、ひとりの男が蹌踉《そうろう》たる足どりで刑架に歩み寄った。村人達は虚《うつ》ろな眸《ひとみ》を向けた。男は両膝《りょうひざ》を地に着くと、直接に素手で灰を分け、何かを探り当てた。眼前に掲げられたのは、世に不思議な光を放つ、緋《あか》みを帯びた一個の金塊であった。人の垣が再度《ふたたび》不安に騒立った。それは、磨き立てたかの如く耀《かがや》く完璧《かんぺき》で、今し方灰の中から取り出《い》だした許《ばか》りであるにも拘《かか》わらず、微塵《みじん》の汚れをも附してはいなかった。

男はそれを握ると、懐《ふところ》に収めむとした。刹那《せつな》に、ジャックは厳しい口調でこれを制した。そして、こう云《い》った。

「この男を捕えなさい！　この男は、既に村の者によって告発せられている。……皆も今、その為《な》さむとした所を目撃した筈《はず》です。この男は魔女の灰を持ち帰り、例の金を産み出すと云う邪《よこしま》な魔術に用いる積《つもり》です。神の創造し給《たも》うたこの世界の秩序を乱し、村に災厄を齎《もたら》さむとするのです。……さァ、何をしているのです、早く縄を掛けなさい！」

男は乱暴に後ろ手に縛られて、ジャックが許《もと》に延《ひ》かれた。抗《あらが》わなかった。顔には、纔《わず》かに憔悴《しょうすい》の痕《あと》のみが看えている。

村人達は、復《また》少しく騒立った。ジャックは男の頭巾《ずきん》を払い、面《おもて》を検めた。そして、その右手に隠された奇妙な物質を取り上げると、苦々し気に掌《たなそこ》の裡《うち》で握り潰《つぶ》した。

「灰に過ぎぬのだ、……灰に、……」

指の隙《すき》から、光の名残のような金粉が零《こぼ》れた。ジャックは刑吏を呼び、それを灰と倶《とも》に川に流すことを指示した。この時、蹲《うずくま》っていたユスタスが忽然《こつぜん》と立上がって、自らその灰を処理したいと申し出た。しかし、ジャックはこれを認めなかった。そして、今一度、刑吏等に処理の確認を行うと、周囲を睥睨《へいげい》し、言無く男を連れて刑場を退いた。……

一瞬の出来事であった。私は村人の陰から、佇立《ちょりつ》して徒《ただ》黙ってそれを目守《まも》っていた。男が今一度、こちらを振り返るのを期待しながら。

……しかし、それは虚《むな》しかった。

その男は、即《すなわ》ち、錬金術師のピエェル・デュファイは、終《つい》に一顧だに与えることなく、私の前から去ってしまった。

□

その日の夕刻、雨は降らなかった。

□

翌日、私は村を跡にした。

これは云《い》うなれば、ジャックが忠言に従ってのことである。ピエェルを捕捉《ほそく》した後に、ジャックは窃《ひそか》に私と会して、こう云った。貴方《あなた》には、明日にでもこの村を発《た》ってもらいたい。ピエェル・デュファイを魔女として審問に附す上は、その交りの深さから推《お》しても、必ず貴方の身にも事が及ぶであろう。私は貴方の信仰を疑わぬが、村人は貴方を告発するかも知れない。私は貴方を裁判に掛けることを望まない。抑《そもそも》貴方の旅が仏稜《フィレンツェ》に行くことを目的としていたのならば、これ以上此処《ここ》に長居する益もあるまい。どうか、私の言《こと》を容《い》れてもらいたい、と。――私はこれを諾したのである。

再度旅立たむとする私は、ピエェルの冤《えん》を雪《そそ》ぐ為《ため》の如何《いか》なる手段をも講じなかった。法廷に立ち、その疑を晴さむとすることも、或《ある》いは内々にジャックに取り計らい、処置の軽減を求めむとすることもしなかった。私は唯《ただ》ピエェルが詞《ことば》を思い出して、彼の家より持ち出した蔵書を抱え、云わば逐電《ちくてん》するかの如《ごと》く飄然《ひょうぜん》と村を去ったのである。

……冤を雪ぐと私は云った。しかし、一体それは私の為《な》し得る所であったのだろうか。

村に滞在した間、畢竟《ひっきょう》私は、ピエェルが術の異端であるか否《いな》かの結着を付けるを得なかった。仮に人が、ピエェルが妖術《ようじゅつ》を以《もっ》て直接に疫病《えきびょう》を蔓延《まんえん》せしめ、豪雨を降らせたと云うのであれば、私はそれを論駁《ろんばく》し得たであろう。斯様《かよう》なことは、固《もと》より被造物の為し得る所を越えているからである。しかし、抑《そもそ》も錬金術を試みむとすること自体が異端であって、その不遜《ふそん》に神は瞋《いか》り、戒めとして様々なる災厄を齎《もたら》したと云うのであれば、私はこれに緘黙《かんもく》せざるを得なかったであろう。今以て、私はそれを否と断ずることは出来ぬのである。

——とは云え、村を去るに際して、私の裡《うち》に多少なりとも斯《か》の如き迷いや苦悩が有ったと云えば、それは嘘《うそ》である。私がこれを思うようになったのは、遥《はる》かに後になってからのことだからである。

私は兎《と》に角《かく》、村を離れたかった。無闇《むやみ》に訣《わけ》もなく、村を離れたかった。ジャックが言《こと》は只《ただ》にその切掛《きっかけ》に過ぎなかったのである。

然《さ》れば、何故《なにゆえ》にであろうか。——私は斯《かく》自問せざるを得ない。それは、私の怯懦《きょうだ》の故《ゆえ》にであろうか。異端審問への不信の故にであろうか。仏稜《フイレンツエ》への憧憬《しょうけい》の故にであろうか。ピエェルに対する私の矛盾した感情の故にであろうか。或いは、あの時私を領していた途方もない疲労感の故にであろうか。……私は、その孰《いず》れであるとも判ずるを得ない。が、懼《おそ》らくは、それらの孰れもが夫々《それぞれ》の真実を含んでいるのであろう。齢《よわい》を重ねるほどに、私は人の為す所に於《おい》ては、或る結果が、詮《せん》ずれば必ず唯一つの原因に帰着すると云う単純な楽観主義を益《ます》々《ます》信ずることが出来なくなった。一つの結果の出《い》づる所は、我々の想《おも》うよりも遥かに微妙な渾沌《こんとん》でしかなく、多くの場合、我々の見出《みい》だす原因なるものは、有機的なるそれから切取られた一片のかけらに過ぎぬのであろう。勿論《もちろん》、その大小の別は有ろうが。……

私は再度《ふたたび》旅の途に就き、事無く仏稜《フイレンツエ》に達するを得た。当地にて私は、未《いま》だ上梓《じょうし》せられてはいなかったフィチイノの翻訳なるプラトン全集の一部や、ピュタゴラスに関する彼の小論、更には『ヘルメス選集』や『カルデア人の神託』と云った幾つかの重要な文献を手に入れ、併せて、フィチイノ本人をはじめとするプラトン・アカデミイの面々とも会することが出来た。

私は、プラトンその他の異教の哲学者達に関する彼等の学説を興味深く聴いた。又、この数年後に巴黎《パリ》を訪《と》うこととなるピコ・デラ・ミランドラの驚くべき主張にも接した。だが、結局それらの孰れに就いても、私は終《つい》にピエェルより受けた程の感銘を得るには至らなかった。

帰路はひとりではなかった。残った路銀で従僕を二人雇い、量の嵩《かさ》んだ文献を彼等に持たせた。冬を仏稜《フィレンツェ》で過ごした為に、巴黎《パリ》には翌年の春に戻った。

大学には幸い、未《ま》だ私の籍が残されていた。

□

巴黎《パリ》に帰ってより数箇月後の千四百八十三年八月三十日に、時の仏蘭西《フランス》国王ルイ十一世が歿《ぼつ》している。享年《きょうねん》六十歳である。更に翌年の千四百八十四年八月十二日には、今度は時の教皇であったシクストゥス四世が歿している。享年七十歳である。私は世事に疎《うと》い私が、この二人の死をはっきりと記憶しているのは、当時はこれが、私の前半生とも云《い》うべきものの畢《おわ》りを追って告げているかのように思われていたからである。私は今でも、単なる偶然に過ぎぬであろう二人の相踵《つ》ぐ死を、私自身の境遇に結んで回想せむとする抗し難い誘惑に駆られることがある。斯様《かよう》な感慨に耽《ふけ》ることは固《もと》より私の好む所ではない。しかし、旅を経て、私の裡《うち》に或《あ》る本質的な変化の起きていたことは事実である。それを上手《うま》く云うことは出来ない。強いて云うならば、私はそれに因《よ》って、信仰と云うものの最も奥深くに秘せられた何かに僅《わず》かに触れ得たのである。そしてそれが為《ため》に、私の裡《うち》には、始《はじめ》て神へと通ずる一条の遥《はる》かな途《みち》が通ったのである。

……現在、私は或る地方の小教区にて主任司祭の職に就いている。

巴黎《パリ》での研究生活を経た後の千五百九年に、私はヒメネス・デ・シスネロスに請《しよう》ぜられて西班牙《スペイン》の亜爾加羅《アルカラ》大学に赴任した。此処《ここ》で私は、ほぼ十年間に亘《わた》ってトマス主義の講義を行い、その傍ら、聖書の原典編纂《へんさん》の為事《しごと》にも携った。……顧《かえりみ》て、当地で私の獲《え》たものは纔《わず》かに二つである。一つのささやかな幸福と、一つの大きい失望とが即《すなわ》ちこれである。――否《いな》、後者もやはりささやかなと云うべきであろうか。

幸福とは即ち、私が此処で許多《あまた》の学問上の著作を物し得たことである。これは、私が客員《かくいん》として厚遇せられ、多くの自由な時間を許されていた為であった。失望とは即ち、抑《そもそも》時代に由来する不幸を、自らの置かれた環境に帰せしめ、これを以《もっ》て何等かの希望を見出《みい》ださむとする態度の莫迦《ばか》らしさを悟ったことである。畢竟亜爾加羅《ひっきょうアルカラ》での生活は、私が為には、巴黎《パリ》でのそれと微塵《みじん》も違う所の無いものであった。そして数年前、彼の地の布教政策にも嫌気のさし始めていた頃に、折しもヒメネスが歿《ぼっ》し、私はこれを機に、自ら物した数部より成る著作を抱えて、故国に戻り、漸《ようや》く現在の司祭の職を獲たのである。――

過日所用で羅馬《ロオマ》へと赴く際に、私と私の供の者とは、途中維奄納《ヴィエンヌ》で舎《やど》をとり、其《そ》処《こ》で数日を過ごした。

当地で会した幾人かの者達は、皆口々に近年の異端審問の劣悪さを非難し、これを嘆じていた。話を聴きながら、私は彼等の挙げる審問官の名の中に、料《はか》らずも嘗《かっ》て耳にした或る男のそれを認めて喫驚した。即ち、ジャック・ミカエリスであった。私は修道院に彼を訪《と》うた。これは久闊《きゅうかつ》を叙さむとする為ではなく、ピエェル・デュファイのその後の処遇に就いて識《し》らむと欲した為である。

ジャックはその貌容《ぼうよう》を頗《すこぶ》る変じ、俄《にわ》かには判ずること能《あた》わざる程であった。村を去って以来、私は久しく三十年以上も彼に逢《あ》ってはいないのだから、それも別段不思議なことではあるまいが、然《さ》るにても私の認めるに、その悴《やつ》れた面に現れたる所は啻《ただ》に老醜のみではなかった。嘗ての炯々《けいけい》たる双眸《そうぼう》は光を失い、眼窩《がんか》には陰鬱《いんうつ》な翳《かげ》が挿《さ》していた。丁度、使い古された剣の刃が脂膏《しこう》に曇ってゆくように、幾度となく死が其処に触れ、その跡が染附《しみつ》いてしまったかのようであった。

ジャックは私を認めなかった。剰《あまつさ》え、村のことも、其処で刑に処せられた魔女のことも、そして、ピエェル・デュファイのことも、皆覚えの無いことだと云った。私は虚言であろうと思った。ピエェル・デュファイの名を聴いて、彼は俄《にわ》かに色を変え、暫《しばら》く口を開くことが出来なかったからである。

動揺は疑うべくもなかった。私は今一度同じことを訊《き》いた。しかし、応《こた》えは同じであった。――已《や》むことを得ず、私は修道院を跡にした。

しかし、この日の邂逅《かいこう》はこれに尽きなかった。

それから暫くの間巷衢《こうく》を歩いていた私は、軈《やが》て背《せな》より呼び止める者が在るのに気が附いた。顧れば、片端《かたわ》の男が足を引摺《ひきず》り息を切らして近附いて来る。鍛冶《かじ》屋のギョオムであった。私は偶然にしては過ぎたるこの再会を怪しんだが、事情は直《じき》に解《わか》った。

ギョオムは以前と変わらぬ諂《へつら》うような舌振で、私との再会を大仰に欣《よろこ》び、頻《しき》りに「立派になられた」と繰返した。私は徒《ただ》二三度頷《うなず》いて話頭を転じ、修道院に居るジャック・ミカエリスとは、嘗《かつ》て村に司牧に来ていた男だろうかと問うた。ギョオムは言下に応えて、

「はい、その通りでございます。もう、お会いになられたので？」

と云った。私は「いや、」と誤魔化した。それから、ピエェルに就《つ》いて何か識《し》っていることはないかと質《ただ》した。ギョオムはこれに饒舌《じょうぜつ》を以て答えた。

「ニコラ様は、まだあのいんちき錬金術師のことを覚えておいでで。あれはもう疾《と》くに獄《ごく》の中で死んでしまいました。ジャック様のお取り調べの最中のことだったそうです。まったく、ニコラ様もご承知の通り、あれの為に村は大変なこととなっておりましたからね。……実は今だから申せば、あれを魔女として訴え出たのはこの私なんです。あれの犯した罪の数々は、私が一番よく知っていましたからね。お陰でジャック様に取り立てて戴《いただ》くことも出来て、それ以来、あの陰気な村を去って、この街で復《また》鍛冶屋を営んで暮らしているのです。本当に何もかも、ジャック様のお

陰なのですよ。……」

――私は唯《ただ》、「そうか。」とだけ応えた。ギョオムは次いで、是非とも私を家に招き、食事を倶《とも》にしたいと申し出た。しかし、私はこれを有りもせぬ所用を理由に辞して、その儘《まま》、呆気《あっけ》にとられたような男の前から立ち去った。

少し歩いて、ふとジャンのことを思い出した。そして、それに就いて何かを問わむと振り返った時には、人込みの中に、既にギョオムの姿は無かった。……

□

――三日許《ばか》り降り続いた雨が、今朝になって漸《よう》く已《や》み、久しく見なかった太陽が、東の昊《そら》に、ひらけ止《さ》した華のように静かに赫《かがや》いている。光は窓より入って机上を照らし、横倒しの玻璃壜《フラスコ》の底に溜《たま》った、銀貨一枚程の水銀を目眩《まばゆ》く煌《きら》めかせている。

私は最近、錬金術の実験を始めた。久しく手を着けずにいたピエェルの書を紐解《ひもと》いて、詳細に閲《けみ》し、その手順を追って日毎《ひごと》作業を繰返している。これまで私は、自然学の中でも、錬金術に就《つ》いてのみは不問に附してきたが、此処《ここ》に至って俄《にわ》かにそれに取り組まむと思い立ったのは、やはり先日ジャックやギョオムと邂逅《かいこう》して、ピエェルの死を慥《たし》かめたことが手伝っているのかもしれない。未《いま》だ黒化《ニグレド》の過程にだに成功してはいないのだから、慥かなことは何も云《い》えぬが、それでも何等かの成果の得られそうな予感だけは抱いている。

ピエェルは嘗《かつ》て、錬金術は畢竟《ひっきょう》作業が総《すべ》てであり、仮に万巻の書を読み尽くしたとしても、実際に物質に向かうことをせぬのであれば仍《なお》得る所は無であろう、と繰返していた。これはピエェル自身の信条であり、又、私に対する忠告でもあった。この言の意味を私は漸《よう》く今頃になって理解するようになった。

慥《たし》かに、私は作業を行うことに因《よ》って、文献からは識《し》り得なかった多くのことを学んだ。しかもその間は纔《わず》かに一月にも満たないのである。だがそれは、所詮《しょせん》は作業が齎《もたら》すものの中《うち》の、ほんの些細《ささい》な一面に過ぎぬのであろう。私が為《ため》により以上に重要であると思われるのは、錬金術の作業には、それを為《な》すことそのものの裡《うち》に或《あ》る種の不思議な充実が在ると云うことである。私は一握りの小さな物質に触れている時、自分が恰《あたか》もこの被造物界の渾《すべ》ての物質に、云わば世界それ自体に触れているかの如《ごと》き錯覚を感ずる。これは表現に難い錯覚である。人は広大な草原に独り立つ時、眼前に縹緲《ひようびよう》と横たわる海を眺め遣《や》る時、或いはこれと似たような感覚を抱くかも知れない。然《さ》りとて、そうした時でも彼の触れることの出来るのは結局は世界の一断片に過ぎぬ筈《はず》である。否《いな》、ともすれば、彼はそれにだに触れることが出来ぬのかも知れない。しかし私は、薄暗い小さな部屋に籠《こも》って作業を行っている時には、その一刹那《せつな》一刹那に、或る奇妙な確信を以て世界の渾《すべ》てと直《じか》に接していると感ずることが出来るのである。

先人達が錬金術の作業に憑《つ》かれたのは、或いはこの感覚の為ではあるまいか。少なくとも、私がピエェルと錬金炉《アタノオル》との間に看《み》て取った親近性は、顧《かえり》みればこのことの現れであったように想《おも》われる。

これとほぼ同様の、そして、これよりも遥《はる》かに激しい感覚を、私は人生の中で唯《ただ》一度だけ体験したことが有る。それが、あの日の魔女の焚刑《ふんけい》であった。

私の裡《うち》には、今猶《なお》あの瞬間の輝きが映じている。あの、得も云われぬ目眩《まばゆ》さが焜《こん》昱《いく》と映じている。しかし、何時《いつ》の頃からか、万物を遍《あまね》く呑《の》み尽くしたあの巨大で鮮烈な光の中に、私は丁度金属の表面に錆《さび》の萌《きざ》したような、極小さな一つの翳《かげ》りを認めるようになった。そして光は、その一点に向けて運動を始め、其処《そこ》から彼方《かなた》へと、奇妙なさかしまの泉のように永遠に流れ出して、而《しか》も永遠に枯渇《こかつ》せぬのである。

私はその一滴の染《しみ》の彼方に、耀映《ようえい》する世界の幻影を見ることがある。それは、慥《たし》かに肉と物質とを以《もっ》て築かれ、我々に親しく、且《かつ》、現実に存在する世界である。

あの時の光を、我々が終《つい》にサウロを回心せしめた光と看做《みな》し得なかったのは、啻《ただ》に我々の許《もと》に主の声が届かなかった為のみではあるまい。事実あの光が主に因って賚《もたら》されたと云う根拠は、それを否定する許多《あまた》の根拠に比して唯の一つだに無いのである。

然《さ》りとて、我々基督《キリスト》者は、常に或る予感の裡に生きている。それ故《ゆえ》に、折に触れ次の詞《ことば》を思い返してみては、日々の生活に何か知ら奇跡の標《しるし》を見むとするを禁じ得ぬのである。

――然《しか》り、我速やかに到らむ……

あの日焚刑に処せられむとする両性具有者《アンドロギュノス》に、迫害せられ十字架に掛けられた基督《キリスト》の姿を見た者は無かったであろうか。石を投付けた後に、眼前にゴルゴタの幻を見て、驟然《しゅうぜん》と悔悟の念に擒《とら》われた者は無かったであろうか。不吉な森より採られたあの刑架が、一瞬十字に耀《かがや》くのを見た者は無かったであろうか。受刑者を呑んだあの焔《ほのお》が、地中に達して、アダムの罪をも浄化せむとするを見た者は無かったであろうか。……斯様《かよう》な詮索《せんさく》は、無論虚《むな》しいものであろう。或いは、許すべからざるものかも知れない。しかし、敢《あ》えてこれを筆に上したのは、私には慥《たし》かに、あの両性具有者《アンドロギユノス》こそが再臨した基督ではなかったのかと疑われた時期が有ったからである。……その疑《うたがい》は、私の怯懦《きょうだ》の裡に打捨てられてしまった。跡には唯、不可解な生き物の姿のみが残されている。……

一体、あの両性具有者《アンドロギユノス》とは。……——私は、自身の体験を能《あと》う限り有りの儘《まま》に叙することに因って、何等かの答えらしきものが見出《みい》だし得るかも知れぬと、私《ひそ》かに期する所が有った。しかし、終に、両性具有者《アンドロギユノス》の一貫した像を形造ることは出来なかった。或いは私が、より強くそれを求めむと意識しながら筆を進めていれば、然るべき成果は得られていたであろうか。私はそうは思わない。そうした努力は仍《なお》虚しいものであったろう。それは、畢竟《ひっきょう》今でも私が、あの両性具有者《アンドロギユノス》に就《つ》いて記すには、時々によって相矛盾した私の印象を、矛盾した儘《まま》記すより外は無かったと考えているからである。

そして、徒《いたず》らにこう思ってみるのである。将《まさ》に焚滅《ふんめつ》せられむとした刹那《せつな》、慥《たし》かに私はそれと一体となっているのを感じていた。しかし顧れば、これは何もその時に限ったことではなかったのかも知れない。あの洞窟《どうくつ》の中で初めてそれを眼にした時でも、刑場に延《ひ》かれて来た時でも、そして、その露《あらわ》になった陽物が、飛び立ち敢えずに昊《そら》を指した儘喘《あえ》いでいた時でさえも、私はやはり、それと一つになっていたのかも知れない。……

蓋《けだ》し、両性具有者《アンドロギユノス》は私自身であったのかも知れない。

……筆を擱《お》くに及んで、私は翳射《かげさ》す今一方の机上に積まれた書の類《たぐい》に眼を落した。内容は、北方で旺《さか》んになっている、アウグスティノ会の一会士によって始められた異端運動に関する報告である。

嘆息して、窓から外を眺めた。雨上がりの大地が、煌然《こうぜん》と日華を映じて目眩《まばゆ》い。

――禽《とり》が鳴いている。

ふと彼方を見遣《みや》れば、蒼穹《そら》には燦爛《さんらん》と虹《にじ》が赫《かがや》いていた。

解説

四方田犬彦

誰もが再来について語っている。ビートルズの再来について、三島由紀夫の再来について、浅田彰の再来について。だがそこで噂《うわさ》されているのは、単純に同一物の類似への配慮にすぎない。だが、どうして人は反復について論じようとしないのか。意図された探求の行為としての反復に、言及しようとしないのか。ジャーナリズムの話題が終わって、文学の問題が開始されるのは、そのような時点からである。読むことが再来し、それとともなって書くことが到来する。いや、より正確にいうならば、書くことが読むことの反復であるような事態が到来する。平野啓一郎の『日蝕』は、そうした事態の徴候である。だが具体的には、それは何を意味しているのか。

通過儀礼はひどく評判が悪い。今日ではそれは「イニシエーション」と英語で呼ばれ、カルト教団が信者たちをかり集めるさいの修辞と化してしまった。同時に探求の物語も価値が下落してしまった。もはや世界に探求すべきものは何もなく、日本という社会はすでに成熟から来る停滞段階に到達してしまったという言説が席巻《せっけん》している。冒険は、いかなる意味でも時代遅れのものとなってしまった。

平野啓一郎が提示しようとするのは、そうした通過儀礼の物語である。当然のことながら、それは一見、反動的な装《よそお》いを見せることになる。その反動性を馴致《じゅんち》して周囲にわかりやすく了解させるために、再来という観念が援用される。だが彼が探求しようとしたことの本体は、語られないままに終わる。それは原型を反復することによってこそ、小説は書かれるべきであるという彼の確信である。模倣ではない。またパロディでもない。『日蝕』がわれわれの前に差し出そうとするのは、古今で書かれてきたあらゆる探求の物語に正面から対決するのではなく、それらをいわば肩越しに見つめ、積極的に反復に身を任せることで文学を創出してゆこうとする姿勢である。

ヨーロッパがルネッサンスのさなかにあったある時、パリでトマス神学を学んでいたひとりの学生がフィチーノの著したヘルメス文書を索《もと》めて、フィレンツェへの旅を決意する（魅力的な書き出しだ。ボルヘス風の、あるいはエーコ風の）。だがこの探求の旅は字義通りにはなされず、別の探求に姿を変えることになる。彼はリヨンからわずかに離れたところにある村に滞在し、それを契機として信仰と世界観をことにするさまざまな人物に出会うことになる（さながらタルコフスキーのフィルムの登場人物のように）。彼らはいかにもわれわれがすでに知ってきた物語のなかの人物たちにそっくりである（世俗的に堕落した僧侶《そうりょ》。狡猾《こうかつ》な畸形《きけい》の男。無垢《むく》で聾唖《ろうあ》の少年。そして不思議な錬金術師。まるでユルスナルの長編のように）。やがて彼は錬金術師の探求に気付き、彼を追って謎《なぞ》めいた洞窟《どうくつ》に参入したところで、みずから漠然と考えていた探求の真の対象に出くわしてしまう。それは（さながらバルザックの短編に登場するかのような）光輝く両性具有の存在である。だが異端がかまびすしく語られる時世にあって、この両性具有者は魔女の名のもとに捕らえられ、焚刑《ふんけい》を施されてしまう（エリアーデの宗教学が説く象徴法に沿って）。主人公は手をこまねいてその誤解の惨事を傍観しているしかないが、処刑のさなかに天変地異が生じ、日蝕《にっしょく》が実現される（泉鏡花の、またゴシックロマンスのように）。このとき許らずも錬金術の目標である黄金が生成し、主人公はその過程を忘我の瞬間として体験する。それから歳月が経過し、神学者として穏当な人生を過ごしてきた主人公は、あることが契機になって、かつて見知った錬金術師の実験を真似《まね》ようとし、ここに読まれることになる回想を執筆する。

　これが『日蝕』の物語である。ここでは物語の新奇さが売物にされているわけではない。すべてはどこかですでに物語られた出来ごとのように進行し、男性的な原理に基づいて絶頂を迎え、その恍惚《こうこつ》の瞬間が過ぎ去ると、われわれはふたたび覚醒《かくせい》の時間に引き戻されることになる。だが、こうした物語構造がいかに既存のものに多くを負っているからといって、それだけで作者を非難することは慎もうではないか。というのもすでに物語のなかで主人公がみせる探求こそが、先行せる探求の反復であり、蠟《ろう》燭《そく》を片手に洞窟の真奥《しんおう》へと足を運ぶ錬金術師の探求を肩越しに眺めることでなされたものであるからであって、この肩越しという姿勢において、主人公と作者は重なりあっている。作者は先行するあまたの物語的探求を肩越しにしながら語るという姿勢を、主人公の探求のあり方を通して、あらかじめ認識されたものとして提示しているからである。主人公が錬金術師を真似て見よう見まねで禁断の知の実験に手を染めるように、作者もまた今日ではアナクロニズムだと見なされ貶《おとし》められてきた実験、すなわち小説における通過儀礼の物語の採用に向きあい、それを反復しようと試みているのだ。もとよりその物語が何百回となく反復され、ありとあらゆる映像が出尽くしていることを承知のうえで。このとき書くことは未知の領野を突き進むことではなく、タロットカードをシャッフルし、目の前に並べてゆくしぐさに酷似してくる。差し出されるものはどれも見知ったものばかりだ。だが提示という行為そのものは現下においてなされているのであり、それがわれわれに告げ知らせる意味は新しいものである。

ここで『日蝕』を特徴づけている、繁雑なまでのルビの使用については、この文脈において理解されなければならない。だがそもそも、ルビとは何だろうか。

ある漢字の右脇《みぎわき》にその発音を指定する平仮名を添えるというシステムは、複数の文字体系を同時に使用することでエクリチュールがなされてきた日本語において、一般的なことであるが、それは日本語においてのみ可能な修辞学を発展させてきた。ルビを振ることは、本来は難読な漢字を発音するさいに補助を差し延べることであった。やがてそれは独自の批評的発展を許すようになり、意味論的な多義性を演出したり、ひいては日本語の表記を用いながらもそこでフランス語に英語での解釈を施すというアクロバット的な戯《たわむ》れをも可能にするようになった。わかりやすい例をあげれば、「わが天体」という表記に「シリウス」とルビを振ることは、意味論的な領域での詩的攪乱《かくらん》行為であるということができる。だがagencementというフランス語をひとまず「アジャンスマン」と音訳し、そこにarrangementという英語のこれまた音訳である「アレンジメント」というルビを施すことは、日本語という地平のうえでふたつの異なった言語が対決しあうことであり、単なる発音の提示や詩的要請の域を越えている。それはきわめて凝縮された形でなされた多言語的実験であり、ジョイスの『フィネガンズ・ウェイク』の日本語への翻訳を可能とした修辞法でもあった。ルビの美学を先駆的に顕彰したのは英文学者の由良君美（『言語文化のフロンティア』講談社学術文庫）であったが、これについてはやがて一冊の書物が書かれなければならないだろう。

それでは平野啓一郎が「ことごとく」と普通なら書くべきところで「悉」を用い、そこにルビを施すとき生じるのは、どのようなことだろうか。

たとえば『由縁《ゆかり》の女』を著した泉鏡花は、われわれであれば何げなく「美しい」と書くところを、「美麗い」と書いた。また『草迷宮』では同じ発音に「妖艶い」という漢字を当てた。他にも「妍麗い」とか「艶麗い」という表記がなされる場合があった。こうした表記は、たとえ「うつくしい」と等しく発音されたとしても、微妙に異なった意味論的陰りを担《にな》っている。それは彼が同時代の日本語の辞書を用いず、もっぱら清朝で編纂《へんさん》された『康熙《こうき》字典』を愛用したことを示し、その文学的教養が近代日本を越えて、時間的には江戸期にまで及び、空間的には東アジア的拡《ひろ》がりのもとにあったことを示している。

平野啓一郎におけるルビの使用は、この凝縮された表現を通して、これまで日本語で書かれてきた近代文学を肩越しに反復しておきたいという意志を示している。『日蝕』には鏡花と違って、作者の独創からなるルビは存在していない。そこに見られるのはすでに先人によって試みられた表記の戯れであり、それを作者は引用として用いることで、それが母体としてきた物語の力を借り受けようとしている。鏡花が心の赴くままに自在にルビを考案したとすれば、それから一世紀のちの平野はそのルビを引用し、エクリチュールにバロック的な装飾を施すことで、かつてルビが体現し奉仕していた、物語という喪《うしな》われた言語のなかに参入しようと試みているのだ。ここでわたしが鏡花の名前を出したことは、おそらく許されることだろう。なんとなれば『日蝕』に続いて作者が世に問うた長編である『一月物語《いちげつものがたり》』が『龍潭譚《りゅうたんたん》』から『薬草取』『高野聖《こうやひじり》』へと及ぶ鏡花の山界彷徨譚《ほうこうたん》を踏まえたうえで執筆されたパスティッシュであるためである。

文学にとって前衛とは、あるものが死んだと知っていることである。後衛とはその逆に、その死んだものを愛していることである。かつてロラン・バルトは『彼自身によるロラン・バルト』のなかで、そう記したことがあった。平野啓一郎が『日蝕』で示した企てとは、すでに死んでいるものと積極的に戯れることで、その反復的戯れを通して再生を演出することである。少なからぬ小説家が初期においてこうした戯れに魅惑されるが、彼らはまもなくそれに飽きてしまって、独自の別の領域へと進みだしてしまう。『日蝕』はその意味で、書くことの初期そのものが作品として結晶化した稀有《けう》の例だということができる。それを、物語のなかで両性具有者の遺灰のなかから忽然《こつぜん》と出現する黄金に喩《たと》えて、どうしていけないことがあるだろうか。

（二〇〇一年十一月、映画史・比較文化）

この作品は平成十年十月新潮社より刊行された。

泉鏡花著
歌行燈・高野聖

淫心を抱いて近づく男を畜生に変えてしまう美女に出会った、高野の旅僧の幻想的な物語「高野聖」等、独特な旋律が奏でる鏡花の世界。

泉鏡花著
婦系図

『湯島の白梅』で有名なお蔦と早瀬主税の悲恋物語と、それに端を発する主税の復讐譚を軸に、細やかに描かれる女性たちの深き情け。

樋口一葉著
にごりえ・たけくらべ

明治の天才女流作家が短い生涯の中で残した名作集。人生への哀歓と美しい夢が織りこまれ、詩情に満ちた香り高い作品8編を収める。

上田和夫訳
小泉八雲集

明治の日本に失われつつある古く美しく霊的なものを求めつづけた小泉八雲（ラフカディオ・ハーン）の鋭い洞察と情緒に満ちた一巻。

夏目漱石著
草枕

智に働けば角が立つ——思索にかられつつ山路を登りつめた青年画家の前に現われる謎の美女。絢爛たる文章で綴る漱石初期の名作。

夏目漱石著
明暗

妻と平凡な生活を送る津田は、かつて将来を誓い合った人妻清子を追って、温泉場を訪れた——。近代小説を代表する漱石未完の絶筆。

森鷗外著
雁（がん）
望まれて高利貸しの妾になったおとなしい女お玉と大学生岡田のはかない出会いの中に、女の自我のめざめとその挫折を描き出す名作。

森鷗外著
青年
作家志望の小泉純一を主人公に、有名な作家、友人たち、美しい未亡人との交渉を通して、一人の青年の内面が成長していく過程を追う。

森鷗外著
ヰタ・セクスアリス
哲学者金井湛なる人物の性の歴史。六歳の時に見た絵草紙に始まり、悩み多き青年期を経ていく過程を冷静な科学者の目で淡々と記す。

森鷗外著
阿部一族・舞姫
許されぬ殉死に端を発する阿部一族の悲劇を通して、権威への反抗と自己救済をテーマとした歴史小説の傑作「阿部一族」など10編。

森鷗外著
山椒大夫《さんしょうだゆう》・高瀬舟
人買いによって引き離された母と姉弟の受難を描いて、犠牲の意味を問う「山椒大夫」、安楽死の問題を見つめた「高瀬舟」等全12編。

中島敦著
李陵・山月記
幼時よりの漢学の素養と西欧文学への傾倒が結実した芸術性の高い作品群。中国古典に取材した4編は、夭折した著者の代表作である。

谷崎潤一郎著

痴人の愛

主人公が見出し育てた美少女ナオミは、成熟するにつれて妖艶さを増し、ついに彼はその愛欲の虜となって、生活も荒廃していく……。

谷崎潤一郎著

刺《し》青《せい》・秘密

肌を刺されてもだえる人の姿に、いいしれぬ愉悦を感じる刺青師清吉が、宿願であった光輝く美女の背に蜘蛛を彫りおえたとき……。

谷崎潤一郎著

春琴抄

盲目の三味線師匠春琴に仕える佐助は、春琴と同じ暗闇の世界に入り同じ芸の道にいそしむことを願って、針で自分の両眼を突く……。

谷崎潤一郎著

卍（まんじ）

関西の良家の夫人が告白する、異常な同性愛体験――関西の女性の艶やかな声音に魅かれて、著者が新境地をひらいた記念碑的作品。

谷崎潤一郎著

細（ささめゆき）雪

毎日出版文化賞受賞（上・中・下）

大阪・船場の旧家を舞台に、四人姉妹がそれぞれに織りなすドラマと、さまざまな人間模様を関西独特の風俗の中に香り高く描く名作。

谷崎潤一郎著

鍵・瘋癲《ふうてん》老人日記

毎日芸術賞受賞

老夫婦の閨房日記を交互に示す手法で性の深奥を描く「鍵」。老残の身でなおも息子の妻の媚態に惑う「瘋癲老人日記」。晩年の二傑作。

川端康成著

雪国

ノーベル文学賞受賞

雪に埋もれた温泉町で、芸者駒子と出会った島村――ひとりの男の透徹した意識に映し出される女の美しさを、抒情豊かに描く名作。

川端康成著

掌の小説

優れた抒情性と鋭く研ぎすまされた感覚で、独自な作風を形成した著者が、四十余年にわたって書き続けた「掌の小説」122編を収録。

川端康成著

眠れる美女

毎日出版文化賞受賞

前後不覚に眠る裸形の美女を横たえ、周囲に真紅のビロードをめぐらす一室は、老人たちの秘密の逸楽の館であった――表題作等3編。

遠藤周作著

白い人・黄色い人

芥川賞受賞

ナチ拷問に焦点をあて、存在の根源に神を求める意志の必然性を探る「白い人」、神をもたない日本人の精神的悲惨を追う「黄色い人」。

遠藤周作著

海と毒薬

毎日出版文化賞・新潮社文学賞受賞

何が彼らをこのような残虐行為に駆りたてたのか？ 終戦時の大学病院の生体解剖事件を小説化し、日本人の罪悪感を追求した問題作。

遠藤周作著

沈黙

谷崎潤一郎賞受賞

殉教を遂げるキリシタン信徒と棄教を迫られるポルトガル司祭。神の存在、背教の心理、東洋と西洋の思想的断絶等を追求した問題作。

町田康著

夫婦茶碗

あまりにも過激な堕落の美学に大反響を呼んだ表題作、元パンクロッカーの大逃避行「人間の屑」。日本文藝最強の堕天使の傑作二編！

町田康著

供（くうげ）花

『夫婦茶碗』『きれぎれ』等で日本文学の新地平を拓いた著者の第一詩集が、未発表詩を含む新編集で再生！ 百三十編の言葉の悦び。

柳美里著

仮面の国

衝撃のサイン会中止が発端だった！ 日本社会を腐食させる欺瞞を暴き、言論界に侃侃諤諤の議論を引き起こした、怒濤のエッセイ集。

柳美里著

ゴールドラッシュ

なぜ人を殺してはいけないのか？ どうしたら人を信じられるのか？ 心に闇をもつ14歳の少年をリアルに描く、現代文学の最高峰！

辻仁成著

母なる凪と父なる時化

転校先の函館で、僕は自分とそっくりの少年に出会った……。行き場のない思いを抱えた少年の短い夏をみずみずしく描いた青春小説。

辻仁成著

海峡の光

芥川賞受賞

函館の刑務所で看守を務める私の前に現れた受刑者一名。少年の日、私を残酷に苦しめた、あいつだ……。海峡に揺らめく、人生の暗流。

新潮文庫最新刊

真保裕一著
ダイスをころがせ！（上・下）
かつての親友が再び手を組んだ。我々の手に政治を取り戻すため。選挙戦を巡る群像を浮彫りにする、情熱系エンタテインメント！

伊坂幸太郎著
ラッシュライフ
未来を決めるのは、神の恩寵か、偶然の連鎖か。リンクして並走する4つの人生にバラバラ死体が乱入。巧緻な騙し絵のごとき物語。

古処誠二著
フラグメント
東海大地震で崩落した地下駐車場。そこに閉じ込められた高校生たち。密室状況下の暗闇で憎悪が炸裂する「震度7」級のミステリ！

鈴木清剛著
消滅飛行機雲
過ぎ去りゆく日常の一瞬、いつか思い出すあの切なさ——。生き生きとした光景の中に浮かび上がる、7つの「ピュア・ストーリー」。

中原昌也著
あらゆる場所に花束が……
三島由紀夫賞受賞
どこからか響き渡る「殺れ！」の声。殺意と肉欲に溢れる地上を舞台に、物語は前代未聞の迷宮と化す——。異才が放つ超問題作。

舞城王太郎著
阿修羅ガール
三島由紀夫賞受賞
アイコが恋に悩む間に世界は大混乱！同級生は誘拐され、街でアルマゲドンが勃発。アイコはそして魔界へ!?今世紀最速の恋愛小説。

新潮文庫最新刊

一橋文哉著
「赤報隊」の正体
—朝日新聞阪神支局襲撃事件—
あの凶弾には、いかなる意図があったのか。大物右翼、えせ同和、暴力団——116号事件の真相は、闇社会の交錯点に隠されていた。

三戸祐子著
定刻発車
—日本の鉄道はなぜ世界で最も正確なのか？—
電車が数分遅れるだけで立腹する日本人。なぜ私たちは定刻発車にこだわるのか。新発見の連続が知的興奮をかきたてる鉄道本の名著。

宮本輝著
天の夜曲
流転の海第四部
富山に妻子を置き、大阪で事業を始める松坂熊吾。苦闘する一家のドラマを高度経済成長期の日本を背景に描く、ライフワーク第四部。

松田公太著
すべては一杯のコーヒーから
金なし、コネなし、普通のサラリーマンだった男が、タリーズコーヒージャパンの起業を成し遂げるまでの夢と情熱の物語。

糸井重里監修
ほぼ日刊イトイ新聞編
オトナ語の謎。
なるはや？　ごごいち？　カイシャ社会で密かに増殖していた未確認言語群を大発見！誰も教えてくれなかった社会人の新常識。

江國香織ほか著
いじめの時間
心に傷を負い、魂が壊される。そんなぼくらにも希望の光が見つかるの？「いじめ」に翻弄される子どもたちを描いた異色短篇集。

日《にっ》蝕《しょく》

新潮文庫　ひ－18－1

平成十四年二月一日発行
平成十七年六月五日八刷

著者　平《ひら》野《の》啓《けい》一《いち》郎《ろう》

発行者　佐藤隆信

発行所　株式会社　新潮社

郵便番号　一六二―八七一一
東京都新宿区矢来町七一
電話 編集部(〇三)三二六六―五四四〇
　　 読者係(〇三)三二六六―五一一一
http://www.shinchosha.co.jp

価格はカバーに表示してあります。

乱丁・落丁本は、ご面倒ですが小社読者係宛ご送付ください。送料小社負担にてお取替えいたします。

印刷・大日本印刷株式会社　製本・加藤製本株式会社

ISBN4-10-129031-8 C0193